기분을 태도로 만들지 않는 49가지 방법

감정기복을 줄이고 더 행복한 삶을 위한 49가지 지침서

기분을 **태도**로 만들지 않는

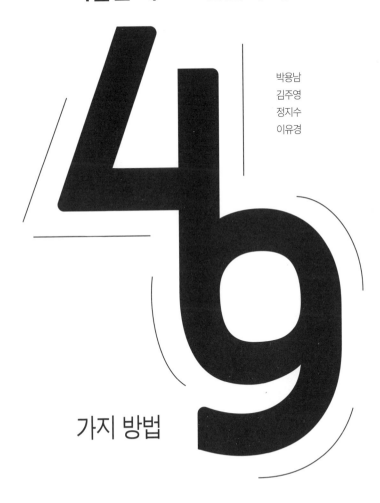

박용남
김주영
정지수
이유경

가지 방법

비책

아침에 출근 준비를 하다 늦잠을 잔 당신, 초조한 마음에 서두르다가 커피를 쏟아버렸다. 그 순간의 짜증이 하루 종일 이어져, 직장에서의 태도까지 영향을 미친 적이 있는가?

우리는 이런 사소한 사건들로 기분이 좌우되고, 그 기분이 우리의 행동과 태도에 얼마나 큰 영향을 미치는지 잘 알고 있다. 그런데 이런 기분이 단순한 감정으로 끝나지 않고, 우리 삶의 전반적인 태도로 굳어질 때, 어떤 일이 벌어질까?

기분은 본래 일시적인 감정의 흐름일 뿐이다. 하지만 그 순간의 기분이 우리의 태도와 행동을 결정짓게 되면, 그것이 일종의 패턴으로 굳어질 위험이 있다.

상사와의 갈등이 있었던 날, 그 불편한 기분을 가정으로 가져가 가족들에게 짜증을 낸 경험은 누구나 한 번쯤 겪어봤을 것이다. 이렇게 기분이 태도로 굳어지면, 우리는 그날의 기분에 따라 우리의 행동과 관계를 무의식적으로 결정하게 된다.

그렇다면, 어떻게 해야 이런 악순환을 끊을 수 있을까? 기분이 우리의 삶을 지배하지 않도록 하기 위해선, 먼저 자신이 어떤 기분을 느끼고 있는지 인지하는 것이 중요하다. 불안할 때, 우리는 그 불안이 태도로 변하지 않도록 미리 대처할 수 있다.

불안은 나쁜 일이 일어날 가능성을 과장하게 만들지만, 최악의 시나리오가 발생할 확률이 낮다는 사실을 깨닫고, 통제할 수 있는 것에 집중하는 것이 불안을 관리하는 첫걸음이다.

또한, 우리는 종종 자기비난에 빠진다. 작은 실수에 자신을 탓하거나, 가혹한 기준을 적용해 기분을 망치기도 한다. 이 책은 그런 자기비난에서 벗어나 자기애를 키우고, 자신이 잘하고 있는 부분을 인정하는 방법을 제시한다. 이는 기분이 태도로 굳어지지 않도록 하는 중요한 단계이다.

그리고 어린 시절 충분히 사랑받지 못한 경험이 있다면, 성인이 되어서도 자신이 사랑받을 자격이 없다고 느낄 수 있다. 하지만 우리는 모두 사랑받을 자격이 있으며, 이를 인식하고 자존감을 높이는 것이 중요하다. 스스로를 사랑하는 법을 배우면, 기분이 태도로 굳어지는 것을 방지할 수 있다.

우리는 기분을 더 잘 인지하고, 그것이 태도로 변하지 않도록 관리하는 방법을 배우는 게 중요하다. 왜냐? 학교에서 가르쳐주지 않았고 사회에서 제대로 배울 수 없고 직접 현실에서 부딪히며 배워야하기 때문이다.

이 책을 통해 당신은 단순히 기분을 관리하는 법뿐만 아니라, 일상 속에서 더 행복하고 건강한 관계를 유지하는 방법을 배우게 될 것이다.

기분의 변화를 경험하며 살아가는 것은 자연스러운 일이지만, 그 기분이 우리의 삶을 지배하게 놔두지 않기 위해서는 우리가 더 주도적인 태도로 감정을 관리해야 한다.

이제부터 당신의 기분이 아닌, 당신의 의지가 삶을 이끌어가게 만들자. 항상 나의 의지가 열쇠다. 당신의 삶을 온전히 두 손으로 다시 쥐어잡기 바란다. 우리 인생의 주인공은 언제나 나라는 걸 잊지 말자.

비책 출판사

차례

프롤로그 **04**

1장

감정 자각과 조절   김주영

자신의 감정을 이해하고 책임지는 법 **14**
체력과 태도의 관계 **18**
세상에 당연한 건 없다 **22**
회복탄력성이 필요한 순간들 **26**
감정 폭발이 주는 부정적 영향 **34**
화를 내기 전에 생각해야 할 것 **40**

2장

부정적 영향 피하기   이유경

타인의 부정적 감정에 영향받지 않는 법 **47**
부정적인 사람들과 거리 두기 **53**
막말하는 사람들 대처법 **61**
실망을 잘 다루는 법 **68**
혼자서도 잘 살아라 **73**

3장

정지수 **기분을 내 편으로 만들기**

79 자기 자신을 돌보는 중요성

83 자세를 바꾸면 기분이 바뀐다

88 자신에게 친절하기

93 성숙한 사람이 되는 방법

97 그 사람의 본성을 알아차리는 방법

102 오락가락하는 감정기복 극복하는 방법

4장

박용남 **세상으로부터 나를 지키는 방법**

109 당장 멀리 해야 할 5가지 유형

114 논쟁에서 평화를 찾는 법

118 신뢰할 수 없는 사람들을 구별하는 법

122 똑똑한 사람이 비판을 대처하는 방법

125 당신을 조종하려는 사람에게 대처하는 방법

악영향을 주는 사람에게 흔들리지 않는 법 129

상대의 마음을 얻고 원하는 것을 얻는 방법 132

사소한 것에도 지나치게 웃는 사람의 속마음 136

불안과 식사: 마음이 차려주는 밥상 139

잠 속에 숨겨진 감정들 143

말이 적고 빠를 때, 숨겨진 마음의 이야기 148

쉽게 눈물을 흘리지 않는 마음의 깊이 152

사소한 일에도 화가 난다는 건 157

초연한 태도를 유지하는 5가지 비결 162

셀프 가스라이팅의 8가지 신호 167

가스라이팅 들통났을 때 나타나는 9가지 행동 171

가스라이터에게 대처하는 방법 177

나르시스트에게 대처하는 방법 181

완벽주의를 내려놓으세요 189

눈치가 없는 척 하는 사람 193

모욕주는 사람에게 대처하는 방법 198

당신을 조종하려하는 사람의 특징 4가지 203

나의 기분을 지키는 8가지 지혜 208

거짓말을 간파하는 5가지 방법 214

당신을 괴롭히려는 사람을 마주쳤을 때 220

스트레스를 이겨내는 5가지 효과적인 방법 224

일상 속 조종 발언들 229

감정의 흑백논리에 빠지지말 것 234

239 속 이야기를 믿을만한 사람에게 털어놓으세요

243 어린 시절 트라우마

247 나를 사랑하는 방법

252 감정에 속지 않고 나를 믿는 법

257 좋고 나쁜 감정은 없습니다

262 감정은 보편적이지만 관점은 모두 다르다

265 거절의 기술, 생각해볼게요

268 힘들 때 스스로를 위로하는 깊이 있는 방법

272 힘든 감정에 대해 이야기하는 것은 불평이 아닙니다

276 을이 아니라 갑의 관계를 만드는 법

281 상대를 움직이게 만드는 화술

286 무례한 사람에게 대처하는 방법

292 에필로그

김주영

밥상머리토론연구소 대표 강사로 그동안 쌓아온 정보와 경험을 나누기 위해 글을 쓰고 강연한다. 소통 디자이너, 부모교육지도사, 평생교육사, 프레젠데이션전문가, 책놀이지도사로 부모, 성인, 학생 등 다양한 이들을 대상으로 사람이 성장하는 일을 돕는다.

엄마가 되기 전에 CS 강사로 오랫동안 활동한 경험이 있지만, 부모로의 인생은 또 다른 영역이었다. 자신감이 넘치는 엄마가 아이를 키우면서 겪은 우여곡절을 통해 얻은 깊은 통찰과 깨달음을 전파하는 데 힘을 모으고 있다. 현장의 다양한 경험을 바탕으로 평생학습상담 전문가로도 활약 중이다.

저서로는 『하루10분! 밥상머리 소통의 기술』, 『기분을 태도로 만들지 않는 49가지 방법』이 있다.

인스타그램 : @tabletalks_kj
스레드 : @tabletalks_kj
블로그 : blog.naver.com/momsbookstore
이메일 : kjy03190319@naver.com

자신의 감정을 이해하고 책임지는 법

누군가 나에게 '인생에서 가장 힘들었던 시절이 언제인가?' 묻는 다면, 난 주저 없이 2014년이라고 답할 것이다. 그 해는 내가 두 번째 출산을 하던 해였고, 출산과 동시에 맞이한 탄생의 기쁨과는 달리 내 삶의 만족도는 급격히 떨어졌다. 행복해야 할 순간에 예상치 못한 감정의 폭풍이 몰아쳤다.

사실, 나는 긍정적인 마음의 소유자였다. 작은 일에도 흔들리지 않고 평정심을 유지하는 내 모습에 주변 사람들은 종종 놀라곤 했다.

지갑을 잃어버려도 "내 지갑 주운 사람은 좋겠네, 나는 그 사람에게 행운을 준 거야!"라고 웃어넘겼고, 소개팅에서 마음에 들지 않는 상대를 만나도 '세상에는 이런 사람도 있구나, 좋은 경험이었어'라고 긍정적으로 생각했다.

심지어 집안 사정이 어려워 수천만 원의 빚을 갚아야 했을 때도 '돈은 다시 벌면 되는 거지!'라고 생각할 정도로 낙관적이었다.

그런 내가 부모가 되면서 예상치 못한 감정의 소용돌이를 겪었다. 모든 것이 순조롭다고 생각했지만, 육아는 나를 완전히 다른 세계로 이끌었다. 내 몸에 멀쩡한 다리가 있음에도 마음대로 밖에 나갈 수 없었고, 욕실이 코앞에 있음에도 마음 편하게 씻을 수가 없었다. 분명 깊은 밤인데도 깨어있는 아이 때문에 잠을 잘 수가 없었고, 친구를 만나고 싶어도 그럴 시간이 없었다.

매일 반복되는 일상은 나를 무기력하게 만들었고, 결국 고귀한 생명을 집어던지고 싶다는 강한 충동까지 밀려왔다. 나는 하루하루를 살아가는 것이 아니라, 그저 버티는 삶을 살고 있었다. 그 결과, 내 초긍정 에너지는 사라져버렸다.

이러한 상황에서 나는 나 자신을 마주하기로 결심했다. 침대에 누워 내 마음속 깊은 곳에서 올라오는 불편함을 직면하기 시작했다.

육아를 하면서 때론 힘들고 억울한 마음이 들었다. '이 세상에 태어난 아이는 분명 축복인데, 왜 나는 이렇게 힘든가?' 스스로에게 물으며, 그 감정을 인정하고 받아들이기로 했다.

감정을 이해하기 위해서는 그 원인을 아는 것이 중요했다. 매일 감정 일기를 쓰기 시작한 것도 그때부터였다. 일기를 통해 나는 자신의 감정을 명확히 인식할 수 있었다. 하루 중 가장 힘들었던 순간들을 기록하면서 반복되는 감정의 패턴이 보이기 시작했고, 비슷한 상황에서 비슷한 감정을 느낄 때, 어떻게 대처할지 방법을 모색할 수 있었다.

감정을 억누르는 것은 장기적으로 건강에도 해롭다. 그래서 나는 신뢰할 수 있는 친구나 가족과 감정에 대해 이야기하는 방법을 택했다. 또한, 반복되는 일상에서 벗어나 다양한 활동을 시작하면서 잃어버렸던 나의 정체성을 되찾기 시작했다.

불과 몇 년 전까지만 해도 나는 감정을 책임지지 못하고 불평만 늘어놓았다. 열심히 해도 결과가 보이지 않으면 억울함과 불만이 쌓였고, 그 대상은 주로 남편과 아이들이었다. 밖에서는 한없이 밝고 이해심 많은 사람이었지만, 정작 가장 가까운 가족에게는 그러지 못했다. 가장 소중한 것들을 소중하게 여기지 못했고, 감사해야 할 것들에 감사할 줄도 몰랐다.

 그러나 내가 느낀 감정을 이해하고, 그 감정에 책임을 지고 행동하기 시작했을 때, 나와 주변 사람들에게 긍정적인 변화가 일어났다. 아이가 투정을 부리거나 떼를 쓸 때도 너그러운 마음으로 바라볼 수 있는 나 자신을 발견했다. 이러한 변화는 내 삶을 감사함으로 채워주고 행복하게 만들어주었다.

체력과 태도의 관계

　어릴 적부터 건강 체질이었던 나는 기껏해야 감기 정도만 걸릴 뿐, 크게 아프지 않고 살아왔다. 그러나 밥상머리 토론 연구소를 운영하며 식지 않는 열정으로 앞만 보고 달리다 보니, 결국 건강에 급제동이 걸렸다.

　직장을 다니면서 틈틈이 콘텐츠를 개발하고, 장거리 지방 출강을 하며, 육아에도 집중하는 등 하루를 48시간처럼 살았다. 그 결과, 내 몸은 결국 버티지 못했고 심한 복통이 찾아왔다.

'하필 가장 바쁜 시기에 몸이 아프다니, 내일 강의는 어쩌지?'

당장의 아픔보다 맡은 일에 뒤처리가 걱정되어 머리까지 아팠다. 통증이 지속되고 눈물까지 주르륵 흐르던 찰나에 학교에 갔던 딸이 돌아왔다.

"엄마! 나 4시 30분까지 밖에서 놀고 와도 돼?"

순간 멍했다. '이건 뭐지? 엄마가 울고 있는데, 밖에 나가 놀겠다고?' 딸의 반응에 서러움이 밀려왔다. 그동안 아이를 키우며 수없이 간호하던 나의 처절한 모습이 스쳐 지나갔다.

'이래서 자식 키워봤자 소용이 없다는 건가?'

몸 상태를 회복하기 위해, 이어지는 강의 스케줄에도 불구하고 최대한 컨디션 조절을 위해 집안에서 말을 최소화했다. 자연스럽게 집안 분위기도 조용해졌다. 그렇게 일주일이 이 주일이 되고, 이 주일이 한 달이 되었다. 회복 기간이 더디면서 점점 집 안 공기는 차분하다 못해 침묵이 감돌았다.

몸이 아프니 힘이 나지 않았고, 당연히 밥상머리 소통은 뒷전이 되었다. 말할 때마다 나오는 잔기침 때문에 말을 할 수가 없었다.

또한, 감기, 몸살, 소화불량, 치통까지 이어지면서 내 멘탈은 점점 무너졌다.

그동안 밥상머리 소통 콘텐츠를 개발하고, 매뉴얼을 만들고, 교안을 작성하고, 강의하는 일에 너무 집중했다. 물론 콘텐츠 개발 후, 가정에서 다양한 방법으로 밥상머리 토론을 시도했지만, 갈수록 활동은 미비해졌다.

덩달아 스트레스도 점점 쌓였다. 결국, 밥상머리 소통을 외치고 다니면서, 정작 우리 아이에게는 그 외침이 줄어든 셈이다.

그렇게 나는 스스로를 이중인격자라고 느꼈다.

시간이 흐르고, 딸에게 며칠 전 서운했던 감정을 이야기했다. 그러나 딸은 "엄마 울고 있었어?"라고 되물었다. 깜깜한 방에 혼자 있었던 엄마를 자세히 보지 못했던 것이다. 나는 딸에게 최근 아파서 힘들었던 상황을 설명해주었다.

더불어 걱정하는 마음을 표현하거나, 위로하는 방법을 알려주었다. 이러한 대화를 통해 영어, 수학뿐만 아니라, 감정 표현법도 하나씩 배울 필요성을 느꼈다.

결국, 몸이 약해지면서 아이와 행복한 대화를 하든, 토론을 하든 결국 엄마의 체력이 밑바탕이 되지 않으면 아무런 소용이 없음을 깨달았다. 그동안 바빠서 챙겨 먹지 못하고 방치되었던 영양제 뚜껑을 열었다. 그리고 따뜻한 물과 함께 내 몸에게 미안한 마음으로 영양제를 조심스레 밀어 넣었다.

 현대 사회에서 체력과 태도의 관계는 매우 중요하다. 체력은 단순히 신체적 건강뿐만 아니라 정신적 건강에도 큰 영향을 미친다. 이러한 관계는 일상생활 속에서 에너지 수준, 스트레스 관리, 자기 효능감, 대인 관계 등 다양한 측면에서 직접적으로 연결된다. 결국, 당신이 무엇을 하든 체력이 밑바탕이 되어야 한다. 체력이 무너지면 오늘의 전투에서 질 수 있다.

 따라서, 규칙적인 운동과 건강한 생활 습관을 통해 체력을 기르는 것은 자기 계발의 중요한 부분이다. 이를 통해 우리는 더 긍정적이고 활기찬 삶을 살아갈 수 있다.

세상에 당연한 건 없다

나는 두 자녀를 키우는 부모이자, 강사다. 강사라는 타이틀은 직장 내 사내 강사로 근무하면서 얻게 된 명함이었다. 신입사원을 양성하고, 경력사원에게는 새로운 업무 지식을 전달하며, 커뮤니케이션 기법과 고객 성향별 응대 기법 등 다양한 CS 강의를 진행했다. 강사로 십여 년 넘게 생활하고, 30대 중반이 되어서야 결혼 후 엄마가 되었다.

누군가를 가르치고 평가하는 건 나의 주특기다. 그리고 그 가르침을 통해 상대가 스스로 변화할 수 있도록 돕는 것이 나의 핵심 역할이다. 이런 나의 주특기는 자연스럽게 육아에도 접목됐다. 아이를 가르치고, 그 결과에 대한 반응을 면밀히 살폈다.

뜻대로 되지 않는 날이면 깊은 고뇌에 빠져 때로는 내 주변의 물리적인 환경과 때로는 타고난 성향을 탓하기도 했다. 아마도 깊은 내면 속에서 노력의 결실에 대한 인정을 받고 싶은 욕구가 있었던 것 같다. 하지만 육아에 정답이 있다면, 이렇게 깊이 고민하지 않았을 것이다.

부모교육을 운영하면서, 육아법에 관한 책을 쓰면서 배움의 촉을 위해 부모교육도 많이 청강했다. 어느 날 <사춘기에 대처하는 부모의 역할>이라는 주제에 이끌려 강의에 참석했다. 주된 내용은 '스스로 선택해야 스스로 움직이게 된다'라는 것으로, 아이의 자율성을 강조하는 내용이었다.

강사님은 학원이나 학교도 가기 싫어하면 그 부분을 존중해야 한다고 설명했다. 나는 '학생이 학교는 당연히 가야 하는 것이 아닌가?'라는 생각을 강사님께 표현했다. 하지만 강사님은 '학교도 당연히 가야 하는 것은 아니다.'라고 말씀하셨다.
이 말씀은 매우 의외였다. 실제로 요즘 중학생 중에는 학교에 가기 싫어서 안 가는 학생이 많다는 설명도 덧붙이셨다.

'이 세상에는 당연한 것은 없다.'

 그 순간 강사님의 말씀이 도무지 이해되지 않았다. 그리고 그런 강사님을 이해하지 못하는 내 자신을 발견했다. 매일 아이를 위해 부모의 역할을 고민했지만, 여전히 '당연히'라는 선입견에 사로잡혀 있었다.

 학생은 당연히 학교를 가야 하고, 당연히 공부를 해야 하며, 게임은 당연히 아이들에게 나쁜 영향을 미칠 것이라는 고정된 생각들은 부모와 자녀 사이에 무의식적으로 쌓인 장벽을 만든다.

 이 장벽을 허물기 위해서는, '당연히'라는 생각을 버리고 '다름을 인정하는' 열린 마음으로 아이를 바라보는 태도가 더 중요하다.

비판을 받는 것은 누구에게나 불편할 수 있지만, 이를 긍정적으로 수용하는 것은 개인의 성장과 발전에 중요한 역할을 한다.

 이때 가장 중요한 것은 열린 마음으로 듣는 것이다. 방어적인 태도를 취하면 상대방의 말을 제대로 이해할 수 없고, 성장의 기회를 놓칠 수 있다. 열린 마음을 가지면 비판 속에 숨겨진 가치 있는 조언을 발견할 수 있다.

나는 문득 내가 그동안 얼마나 '당연하다'는 생각으로 많은 것을 요구하고, 지시하고, 정당화했는지를 돌아보게 되었다. 열린 마음으로 듣고, 객관적으로 평가하고, 개선의 기회로 삼으며, 감사의 마음을 가지려 노력하자, 세상이 다르게 보이기 시작했다.

회복탄력성이 필요한 순간들

어느 날 학교 공지문에 교육지원청에서 영재 교육생을 선발하는 내용을 보았다. 우리 아이는 해당 사항이 없다고 무심코 지나칠 무렵, 신청자 모두에게 영재 교육을 받을 수 있는 기회를 주는 방식이 매력적으로 다가왔다.

'음... 우리 아이가 할 수 있으려나?'
'방학 때 어차피 시간도 많은데, 경험 삼아 한번 해보면 좋을 거 같은데?'
'일단 신청이나 해보자. 우리 애라고 못할 것도 없지!'

당장 아이를 설득하는 게 우선이었다.

"방학 동안 심심한데, 재미있는 영상도 보고, 실험도 직접 해보는 게 있는데, 한번 해볼래? 여러 친구와도 새로운 경험도 해보면 좋을 거 같아. 어때?"

다행히 아이는 큰 거부감이 없었다. 물론 본인이 영재도 아닌데, 왜 영재 프로그램을 신청하냐며 망설였지만, 이 정도면 충분히 설득이 가능했다. 함께 다닐 친구도 물색했다.

"영재교육 신청했어? 오늘 마감이야! 어차피 떨어져도 밑져야 본전이잖아. 같이 신청해보자."

처음에는 관심 없던 지인들도 나의 끈질긴 노력으로 함께 신청했다. 이후 영상 시청과 과제 완성 후 제출하기를 반복했다. 다양한 도구와 온라인 툴을 이용해 아이가 끝까지 임무를 완성하도록 더 신경을 써야 했다.

2000년대 초반 우리나라에 해외 유학 바람이 몰아칠 때, 또 하나의 트렌드가 바로 '영재교육'이다. 초·중·고등학교에 영재학습이 생기고 일부 대학, 고등학교가 영재교육 기관으로 지정되면서 너나 할 것 없이 자녀를 영재로 키우려는 생각에 사교육 시장은 더욱 활성화되었다.

보통 지능이 높은 아이를 영재라고 말한다. 그러나 지능지수가 높다고 꼭 영재와 직결되지는 않는다. 난해하고 힘든 과제를 끝까지 완성하지 못하는 아이도 있고, 중간에 포기하는 아이도 있다.

물론 우리 집에도 시련이 왔다. 생각보다 긴 영상 시청과 큰 노력이 필요한 과제는 영재교육을 통해 왜 미리 선발하는지 알 수 있었다. 그 이유는 바로 '과제를 완성하기 위한 끈질긴 노력과 인내심' 때문이었다.

혹시나 했는데, 아니었다.

"언니! 영재 결과 문자 왔어요?"
"어? 난 안 왔는데! 합격 문자 왔어?"

영재선발에 함께 지원한 지인 아들의 합격 소식을 들었다. '우리 아이는 떨어졌구나'라는 직감이 왔다. 이후 나에게도 결과 문자가 도착했다.

불편한 감정은 누구에게나 찾아온다.

'내가 영리한 유전자를 못 물려준 것인가?'

'내가 자식을 잘 키우고 있는 게 맞는 걸까?'

'나처럼 노력하는 부모도 별로 없는 거 같은데 살짝 억울하네'

'영재는 노력으로 되는 게 아니라면, 공부 말고 다른 길로 가야 하나?'

이어서 아이의 감정이 걱정되었다.

'아이가 크게 실망하면 어쩌지?'

'친구는 합격했는데, 괜히 아이 자존감만 더 떨어진 게 아닌가?'

역시나, 선발 결과를 들은 아이는 실망감을 감추지 못했다. 내심 기대한 모양이다. 인생의 좌절을 경험한 아이. 이번 일로 '나는 역시 안되나 봐'라는 자포자기하는 마음이 들까봐 걱정이 되었다.

시련에 대처하는 자세, 바로 '회복탄력성'이다.

우리의 삶에는 늘 좋은 일, 행복한 일만 있을 수 없다. 아이는 앞으로도 수많은 변화와 경쟁자들과 겨루며 살아가야 한다. 따라서 끊임없이 성공과 실패를 맛보게 될 것이다. 중요한 건, 실패는 포기나 중단이 아닌 또 다른 시작을 의미한다는 것이다. 실패를 반복하더라도 좌절하지 않고, 또 다른 도전을 계속할 줄 아는 사람으로 키워야 한다.

영재고, 과학고 등 똑똑한 아이들이 모인 곳. 그곳에 포함되지 못하는 평범한 아이를 어떤 시선으로 바라볼 것인가? 왜 내 아이는 영재가 될 수 없는지 억울하고 원망스럽기만 한가? 도대체 어디까지 부모의 역할인지 답답하고 힘겨운가?

생각과 태도는 한 끗 차이다.

'내가 누구를 위해 이렇게 사는데!'
노력의 결과가 따르지 않으면, 억울함으로 이어진다.

　사람은 스트레스를 받거나 두려움에 빠질 때 인생을 보는 시야가
좁아진다. 좌절과 실패의 경험은 온갖 추측들로 두려움에 사로잡
히게 한다. 이는 인간의 자연스러운 감정이다. 애써 부정할 필요는
없다. 나의 감정을 인정하고, 자기조절 능력을 활용하여 긍정적인
방향으로 이끌면 된다.

- 영재선발에 지원했던 이유는 무엇이었는가? (새로운 경험을 할
수 있는 기회 제공)

- 이번 기회를 통해 아이는 무엇을 얻었는가? (어려운 과제를 끈기
있게 매달려보는 자세)

- 이번 기회를 통해 나는 무엇을 깨달았는가? (실패를 배움의 기회
로 삼을 수 있는 자세)

- 우리 아이만의 장점은 무엇인가? (순수함, 높은 절제력, 책임감)

　생각을 바꾸니 마음이 편해졌다. 뛰어난 영재들 속에서 내 아이의

속도에 맞춰 키우기로 했다.

회복탄력성의 가장 기본적인 것은 감정 조절이다. 특히 아직 자기중심적인 사고를 하는 어린 아이의 경우 타인의 감정을 공감하기 어렵고, 대응할 줄 모르기 때문에, 감정을 조절하는 방법도 연습이 필요하다.

감정을 조절하는 데는 5가지 단계가 있다. 첫째는 여러 가지 감정을 알고, 둘째, 나의 감정을 인식하고, 타인의 감정을 인식할 줄 알아야 하며, 셋째, 감정의 원인을 파악하고, 넷째, 그 감정을 받아들일 수 있어야 하며, 다섯째, 그 감정을 말로 표현할 줄 알아야 한다.

'시련은 새로운 인생의 방향 전환'이라는 말이 있다. 시련을 행운으로 바꾸는 마음 근력의 힘을 다룬《회복탄력성》이라는 책을 보면, 역경을 통해 성장하는 사람들의 비밀을 알 수 있다.

서울대 이상묵 교수는 45세에 교통사고로 전신마비가 되었지만, 역경을 극복하고 사고 전보다 더 세계적인 학자가 되었다. 해리포터의 조앤 롤링은 가난에 찌들고 우울증에 걸린 싱글맘이었으나, 특유의 긍정성으로 밑바닥에서부터 다시 인생을 새로 시작해, 결국 포브스 선정 세계 500대 부자에 등극했다.

니 역시 노력에도 불구하고 좋지 않은 결과를 마주했을 때 좌절하지 않고, 그 실패를 배움의 기회로 삼을 수 있는 자세를 배웠다. 인생은 예상치 못한 시련과 도전에 가득 차 있다. 시련은 누구에게나 찾아온다.

이를 피하려고만 하면 오히려 더 큰 스트레스를 받을 수 있다. 시련을 긍정적으로 수용하고, 이를 성장의 기회로 보는 자세가 필요하다.

감정 폭발이 주는 부정적 영향

우리 집에는 38년 된 강아지 인형이 있다. 이름은 '토토'다. 세월의 흔적답게 빛바랜 색으로 변해버렸고, 팔이 뜯어져 실로 꿰맨 자국이 있으며, 작은 눈알은 떨어져 순간접착제로 붙인 적이 있다. 그런 인형을, 우리 아이들은 참 좋아한다.

토토는 인형이 아닌 가족 같은 존재로, 딸아이는 매일 밤 이불까지 덮어준다. 참으로 아름다운 이야기 같지만, 여기서 비극은 시작된다. 토토는 단 하나뿐이기 때문이다.

토토가 하나뿐이기에 남매는 매일 싸운다. 오늘도 싸웠고, 어제도 싸웠으며, 1년 전, 7년 전에도 싸웠다. 내일도, 일주일 후에도, 1년 후에도 계속 싸울 것이라고 생각하니 화가 치밀었다.

유난히 토토를 동생처럼 생각하여 극진히 보살피는 딸아이는, 토토를 거칠게 대하는 오빠의 행동이 너무도 싫다. 반면, 오빠는 동생이 조금만 만져도 예민하게 반응하는 모습에 더 화가 나 더 강하게 토토를 던지고, 뺏어버린다.

"토토가 많이 아프겠다. 살살 만져볼까?"
"동생이 싫어하잖아. 상대방이 싫어하는 행동은 하지 말아야지!"
"야!! 너희들은 지겹지도 않니? 언제까지 싸울 거야?"
"그만해! 그만하라고, 도대체 몇 번을 말해야 하겠니?"
"너희들, 엄마 수명 단축되는 거 보고 싶어?"
"이리 줘! 토토 버려버리게. 저 인형만 없으면 되잖아!"

달래보고, 비슷한 인형을 사주며 설득도 해보고, 훈계와 협박도 해봤다. 그러나 꾹꾹 눌러두었던 감정이 터지는 순간이 왔다! 결국 싸움의 원인을 제거하기로 했다. 토토를 버리겠다는 말에 딸아이는 울기 시작했고, 나는 이번 기회에 싸움을 완전히 끝내겠다는 생각에 더 크게 화를 냈다.

그 이후로 우리는 한동안 말을 하지 않았다. 아이들 간의 싸움은 줄었지만, 집안 분위기는 얼어붙었다.

'하루 이틀 싸운 것도 아닌데, 왜 그날따라 이렇게 화가 났을까?'

화가 자주 난다는 것은 생활 방식의 변화를 요구하는 신호일 수 있다. 우리는 살면서 특히 힘든 날을 마주한다. 육아하면서 가장 힘들 때를 묻는다면, 대부분의 부모는 '했던 말을 수없이 반복해야 하는 상황'을 꼽는다.

<**부모도 화가 나는 이유가 있습니다**>

아이가 만화책만 읽으면 엄마는 화가 납니다.
아이가 밥을 먹지 않으면 엄마는 화가 납니다.
아이가 건성으로 말을 하면 엄마는 화가 납니다.
아이가 깐죽거리는 말을 하면 엄마는 화가 납니다.
아이가 뒤처지는 느낌을 받으면 엄마는 화가 납니다.
아이가 공부하지 않으면 엄마는 너무 화가 납니다.

부모도 이유 없이 화를 내지는 않는다. 하루에도 몇 번씩 요동치는 미음을 억누르려 노력해도, 불쑥 화가 터져 나올 때가 있다. 마음대로 따라주지 않는 아이를 보면 속이 끓는다.

속상함을 분노로 표현하고, 지친 마음을 한숨으로 드러낸다. 결국 날카로운 말을 내뱉고 돌아서서 '내가 왜 그랬을까?' 하고 후회한다. 그러나 이런 상황이 반복될수록 부모와 자녀는 점점 지쳐간다.

또 다른 어느 날, 불만 가득한 표정으로 식탁에 앉아 있는 아이들이 눈에 거슬렸다.

"뭐가 그렇게 불만이야? 맨날 이렇게 불편하게 밥을 먹어야겠어? 어!?"

아이들은 더욱더 표정이 일그러졌다. 강한 말투로 이야기했지만, 아이들의 표정은 변하지 않았다. 답답한 마음에 화장실로 자리를 피했다. 그리고 나의 표정을 보았다. 입은 삐죽 나와 있고, 잔뜩 화가 난 얼굴이었다.

내가 누구보다 무서운 표정으로, 그리고 불만 가득한 얼굴로 아이들을 마주하고 있었다.

누군가를 이렇게 경멸스럽게 쳐다본 적이 있었던가? 그 대상은 다름 아닌 내가 가장 사랑하는 아이였다. 순간 눈물이 났다. 그리고 미안했다. 너무나 사랑하고 잘되기를 바라는 마음이, 어느 순간 경멸의 눈빛으로 변해버렸다.

그 차가운 눈빛을 온전히 아이들이 받아들였다고 생각하니 뒤늦게 깊은 후회가 밀려왔다.

'부모의 말이 가끔은 독약과도 같다.'

100-1=0

'깨진 유리창 법칙'이라는 말이 있다. 이 법칙은 100가지를 다 잘했어도 사소한 하나를 놓치면 결국 모든 것을 잃게 된다는 뜻이다. 정제되지 않은 거친 말은 아이들의 마음을 상하게 하고, 부드럽지 않은 표현은 부모 자신에게도 상처를 준다.

부모가 자식에게 이렇게 말하는 이유는 분명히 있다. 강한 자극을 주고 싶은 것이다. 강한 말에 자극받고 제발 정신을 차리기를 바라는 마음에서이다. 다 자식이 잘되기를 바라는 마음에서 나온 말이다.

 하지만 안타깝게도, 부모의 간절한 마음이 제대로 전달되지 않는다. 기분 나쁜 말투 때문에 오히려 반항심만 커진다.

 화를 내고 나서 죄책감만 느끼지 말고, 화도 현명하게 다스릴 줄 알아야 한다. 무작정 화를 내면 소리만 커질 뿐, 내 마음이 제대로 전달되지 않는다. 오히려 아이는 날카로운 말에 상처받기만 할 뿐이다.

화를 내기 전에 생각해야 할 것

어릴 적부터 기관지가 약해 감기를 달고 사는 아이가 늦은 밤까지 비 맞고 놀더니 다시 훌쩍거린다. 아이는 코가 막혀서 입으로 숨을 쉬어 입술은 항상 메말라 있다. 또래보다 작은 체구에 비염을 달고 사는 아이를 위해 엄마는 정성껏 아침저녁으로 코 세척 도구와 영양제를 챙겨준다.

등교 준비로 분주한 아침에 아이는 아랑곳하지 않고 영양제 한 알을 천천히 빨아 먹는다. 엄마는 보다 못해 빨리 먹고 코 세척을 하자고 재촉했으나 결국 코 세척을 하지 않고, 학교 가는 아이 뒷모습을 보면서 엄마는 화가 머리끝까지 차오른다.

이 이야기는 내가 실제로 경험한 상황이다. 분노는 자연스러운 감정이지만, 화를 내기 전에 자신의 감정을 먼저 인식하는 것이 중요하다. 나는 내 안에 있는 감정을 차분히 되돌아보았다.

[숨은 사연] _엄마 편

- 늦은 밤까지 놀지 말고 일찍 오라고 당부했던 상황이 기억난다.
- 학교에서 코 막혀 답답해할 아이를 생각하니 가슴이 아프다.
- 양약, 한약을 먹이다가 비염에 좋다는 비싼 영양제를 큰맘 먹고 구매했다.
- 엄마는 흔한 비타민조차도 돈이 아까워서 안 먹는다.
- 매일 아침/저녁으로 영양제까지 챙겨 먹이는 게 보통 일이 아니다.
- 이런 상황이 내일 또 반복될 것이라는 생각에 벌써부터 지친다.
- 사실 아이에게 하고 싶은 말이 가슴 속에서 맴돌았다.

'날씨 추우니깐 빨리빨리 집에 들어오라고 얘기했지?'
'결국 비 맞고 와서 감기 걸린 거 아니야?'
'엄마 좋아지라고 지금 이러는 거야? 다 너 좋아지라고 그러는 거 아니야!'
'이거 영양제 비싼 거야! 먹다 안 먹다 그러면 아무런 소용이 없

잖아'

'제발 알아서 네가 먹으면 안 되니? 언제까지 일일이 엄마가 챙겨 주어야 해?'

그러나, 화가 날 때는 내가 화를 냄으로써 얻고자 하는 것이 무엇인지 먼저 생각해야 한다. 즉, 화가 나는 상황에서 바로 반응하기보다는 잠시 멈추고 상황을 재평가하는 것이 중요하다.

이는 충동적인 행동을 줄이고 감정을 가라앉혀, 더 나은 대처 방법을 찾는 데 도움이 된다.

나는 떠오르는 부정적인 감정을 추스르고, 아들 관점에서 다시 생각해 보았다.

[숨은 사연] _아들 편

- 친구 생일에 초대받아 놀다 보니 늦어졌고, 갑자기 비가 와서 어쩔 수 없이 비를 맞았다.
- 동생은 코가 안 막히는데, 나는 항상 코가 막힌다. 비염으로 사는 삶이 정말 괴롭다.
- 침도 맞고, 약을 먹어도 낫지 않는다. 엄마가 이제는 영양제를

먹으란다.

- 아침마다 맛없는 영양제 먹는 게 싫다. 씹어먹으면 맛이 강해서 살살 녹여 먹는다.
- 빨리 준비하고 학교 가야 하는데, 엄마는 코 세척을 하라고 한다.
- 지금 코 세척을 하면 학교 지각이라서 서둘러 그냥 집을 나왔다.
- 아이의 처지에서 생각하니, 아이의 마음이 보였다.

'오랜만에 친구들이랑 노니 얼마나 재미있었을까?'
'비를 맞은 건 아들 잘못이 아니지. 나도 비가 올 줄 몰랐잖아.'
'아들은 비싼 영양제를 먹고, 나는 비타민도 못 먹고 있다는 사실이 억울하구나.'
'영양제를 스스로 먹을 수 있도록 아이와 대화를 통해 해결책을 찾아봐야겠다.'

아이의 속마음을 이해하니, 아이가 이해되었다. "왜 이 상황이 나를 화나게 하는가?" 생각하는 과정을 통해 나의 감정도 더 잘 이해할 수 있었다. 이해가 되니 화가 더는 나지 않았다. 공감을 통해 불필요한 분노가 줄어들었다.

이러한 과정을 통해 나는 아이를 더 깊이 이해하게 되었고, 화를 다스리는 법을 배울 수 있었다. 분노 대신 공감을 선택했다. 이 작은 멈춤이 마음의 평화를 안겨준 셈이다.

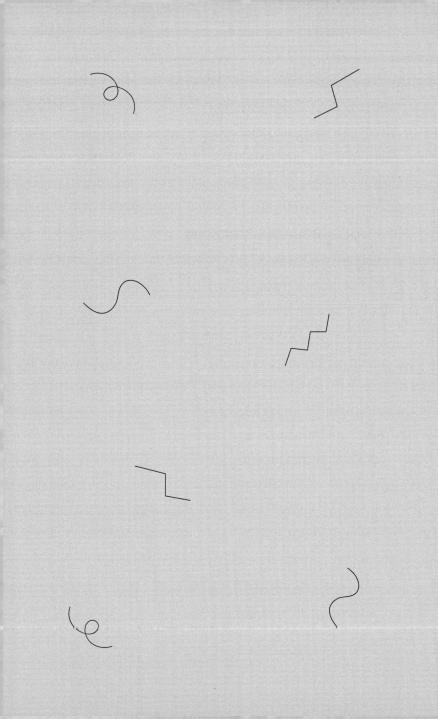

제 2 장
부정적인 영향 피하기

이유경

스물에는 과학도를 꿈꿨고, 서른에는 직장에서 해외영업을 하며 수많은 사람들을 만났으며, 마흔에는 아이들에게 영어를 가르치며 글을 쓰고 책을 통해 세상과 소통하고 있다. 사회생활을 하면서 기분이 태도가 되는 많은 주변인을 만났고, 특히 부정적인 사람들에게 영향을 받으며 흔들리는 자신을 발견하곤 했다.

이제는 타인의 기분에 휘둘리지 않고 내 감정을 똑바로 들여다보려고 애쓰고 있다. 이 과정에서 남의 눈치 보지 않고 자신의 감정과 생각을 인정하는 것이 얼마나 중요한지 몸소 느꼈다.

이 책을 통해 인간관계 속에서 자신의 본모습을 잃지 않으면서도 타인과 조화롭게 지내는 방법에 대한 경험을 나누고자 한다.

자신의 삶의 여정에서 겪은 일들을 바탕으로, 독자들이 자신의 감정을 잘 이해하고, 남의 시선에 얽매이지 않으며 진정한 자아를 발견하며 살아갈 수 있기를 바란다.

인스타 : @unmenustories
블로그 : https://blog.naver.com/soulchanmom

타인의 감정과 거리두기

얼마 전, 상담실에서 만난 학부모님의 불안한 표정이 내 마음을 무겁게 했다. 그분의 걱정이 어떤 이유에서 비롯된 것인지 정확히 알 수 없었지만, 왠지 모르게 나도 불안해졌다. 상담이 끝나고 나서도 그 불안감은 쉽게 가시지 않았다.

수업 시간에 교실로 들어서자 한 학생의 짜증 섞인 태도가 눈에 들어왔다. 평소라면 그저 "오늘 컨디션이 안 좋구나"라고 생각하고 넘어갔을 텐데, 이상하게도 나까지 예민해졌다. 그 학생의 "이런 걸 해서 뭐 하냐"라는 듯한 눈빛에 나도 모르게 의기소침해졌고, 수업 내내 집중하기 어려웠다.

저녁 시간, 외식을 하던 중 옆 테이블에 앉아 있던 나이 지긋한 동네 어르신네들이 정치인들에 대해 불만을 토로했다. 그분들의 말을 듣고 있자니 나도 모르게 부정적인 감정에 동조하게 되었고, 평소에는 별문제 없다고 생각했던 정책들이 갑자기 불합리하게 느껴졌다.

하루가 거의 끝나갈 무렵, 문득 내 기분이 아침부터 지금까지 계속해서 롤러코스터를 타는 듯했다는 걸 깨달았다. 학부모님의 불안, 학생의 짜증, 동네 어르신들의 불만... 이 모든 감정들이 마치 내 것인 양 하루 종일 나를 휘둘러왔던 것이다.

그제야 알았다. 나는 타인의 감정에 너무 쉽게 영향받고 있었던 거다.

감정은 전염성이 강하다. 특히 부정적인 감정은 더욱 그렇다. 하지만 타인의 감정에 휘둘리다 보면 정작 내 감정은 어디로 갔는지 모르게 된다. 그래서 나는 '타인의 감정과 거리두기'를 실천하기로 했다.

첫째, 타인의 감정을 '관찰'하되 '흡수'하지 않는다.

누군가의 부정적인 감정을 마주했을 때, 그것을 단순히 관찰하는 것에 그치려 노력한다.

"아, 이 학부모님이 걱정하고 계시는구나" 또는 "저 학생이 지금 짜증을 내고 있구나"라고 인지하되, 그 감정을 내 것으로 받아들이지 않는다. 마치 날씨를 바라보듯 객관적으로 바라본다.

둘째, 타인의 감정이 나와 무관할 수 있음을 인정한다.

누군가의 부정적인 감정이 반드시 나와 관련 있는 것은 아니다. 학부모님의 걱정은 가정 사정 때문일 수도 있고, 학생의 짜증은 단순히 컨디션이 안 좋은 날일 수도 있다. 나와 무관한 일임을 인정하면 그 감정에 휘둘리지 않을 수 있다.

셋째, 내 감정의 주인은 나임을 기억한다.

타인의 감정에 영향받지 않기 위해서는 내 감정의 주인이 나라는 사실을 항상 기억해야 한다. 내 감정을 통제할 수 있는 사람은 오직 나뿐이다. 이를 인지하면 학부모님이나 학생들의 감정에 덜 휘둘리게 된다.

넷째, 공감은 하되 과도한 감정이입은 피한다.

타인의 감정을 이해하고 공감하는 것은 중요하다. 하지만 그 감정에 완전히 빠져들어 내 감정을 잃어버리는 것은 경계해야 한다. "학부모님의 걱정을 이해합니다" 또는 "네 기분이 좋지 않구나"라고 말하되, 그 감정을 함께 느끼려 하지 않는다.

다섯째, 자신만의 감정 안정화 방법을 찾는다.

타인의 부정적 감정에 영향받았을 때, 나만의 감정을 안정시키는 방법을 갖는 것이 중요하다. 깊은 호흡을 하거나, 잠시 화장실에 다녀오거나, 마음에 드는 문구를 되새기는 등 나만의 방법을 찾아 실천한다.

여섯째, 긍정적인 내적 대화를 한다.

타인의 부정적 감정에 영향받았을 때, 스스로에게 긍정적인 말을 건넨다. "이건 학부모님의 감정이지, 내 감정이 아니야", "학생의 짜증이 나를 규정하지 않아"와 같은 말을 통해 자신을 다독인다.

이러한 노력을 통해 나는 조금씩 타인의 감정으로부터 자유로워지고 있다. 물론 아직 완벽하지는 않다.

때로는 여전히 학부모님의 걱정이나 학생들의 부정적 감정에 휘둘릴 때도 있다. 하지만 그럴 때마다 나는 다시 한번 '타인의 감정과 거리두기'를 실천한다.

이제 나는 아침 상담 시간에 만난 학부모님의 불안한 표정에 덜 영향받는다. 수업 중 학생의 짜증에 대해서도 "아, 저 학생이 지금 힘든가 보다"라고 생각할 뿐, 내 감정을 흐트러뜨리지 않으려 노력한다.

타인의 감정과 거리두기는 결코 쉽지 않다. 하지만 이는 건강한 정서와 관계를 위해 꼭 필요한 기술이다. 우리는 모두 자신만의 감정을 가진 독립된 개체임을 기억하자.

학부모님과 학생들의 감정을 존중하되, 나의 감정도 소중히 여기는 균형. 그것이 바로 내가 지향해야 할 감정의 거리두기가 아닐까.

이러한 거리두기를 통해 나는 더 효과적으로 학부모님을 상담하고, 학생들을 이해하며, 동네 어르신들과도 소통할 수 있게 될 것이다.

 감정의 거리두기는 단순히 나를 보호하는 것을 넘어, 더 나은 교육자가 되는 길임을 깨달았다.

 오늘도 나는 이 균형을 잡기 위해 노력한다.

부정적인 사람들과 거리 두기

오늘 아침, 출근길에 마주친 이웃의 우울한 표정이 내 마음에 그림자를 드리웠다. 엘리베이터에서 나눈 짧은 대화 속에서 그의 불평과 한숨이 마치 전염병처럼 나에게 옮겨오는 듯했다.

사무실에 도착해서도 그의 말들이 계속 머릿속을 맴돌았고, 어느새 나도 모르게 세상을 부정적으로 바라보고 있는 나를 발견했다.

문득 깨달았다. 나는 또다시 '에너지 도둑'의 희생양이 되어가고 있었던 것이다.

우리 주변에는 늘 부정적인 기운을 내뿜는 사람들이 있다. 이들은 의도적으로 남의 기분을 망치려는 것은 아니지만, 그들의 불평, 비난, 냉소적인 태도는 우리의 긍정적인 에너지를 서서히 빨아들인다.

이런 사람들을 나는 '에너지 도둑'이라고 부른다.

20년간의 직장 생활 동안 나는 해외영업부터 재무관리까지 다양한 업무를 맡아왔다. 그 중에서도 가장 힘들었던 것은 인사관리였다. 숫자나 계약서를 다루는 일과는 달리, 사람의 마음을 읽어야 하는 인사관리는 예측 불가능하고 때로는 나를 완전히 지치게 만들었다.

매주 월요일 아침, 사무실에 들어서면 침체된 분위기가 나를 맞이했다. 주말의 여유를 뒤로하고 다시 시작된 한 주. 그 시작이 항상 힘겨웠던 이유를 오랫동안 깨닫지 못했다.

어느 날, 한 신입사원이 떨리는 목소리로 내게 말을 걸어왔다. "이사님, 제가 뭔가 잘못하고 있는 걸까요? 옆자리 과장님이 매일 저를 노려보는 것 같아요."

그 순간 나는 알아챘다. 우리 회사에 보이지 않는 '에너지 도둑'
이 존재한다는 것을.

 처음에는 그저 개인 간의 갈등이라고만 생각했다. 하지만 시간이
지나면서 이 문제가 단순한 개인의 불화를 넘어, 팀 전체의 사기와
생산성에 큰 영향을 미친다는 사실을 알게 되었다.

 더 놀라운 것은, 때로는 나 자신도 이런 부정적인 에너지의 희생
양이 되곤 했다는 점이었다.

 이제야 이해가 되었다. 매주 월요일 아침 느껴지던 그 무거운 공
기의 정체가. 그것은 다름 아닌 우리 사무실에 만연한 '에너지 도
둑'들의 흔적이었던 것이다.
 이 일을 계기로 나는 우리 조직 내에 존재하는 '에너지 도둑'에 대
해 더욱 민감해졌다. 그들의 행동을 자세히 들여다보니, 대부분 악
의를 가지고 행동하는 것은 아니었다.

 하지만 그들의 지속적인 부정적 언행은 마치 보이지 않는 구멍
과 같아서 주변 동료들의 열정과 긍정성을 서서히 흡수해 버렸다.
더 놀라운 것은 나 자신도 때때로 이런 에너지 도둑의 영향을 받
곤 했다는 사실이다.

부정적인 보고를 받은 날이면, 나도 모르게 집에 가서 가족들에게 짜증을 내는 나를 발견했다. 나 역시 에너지 도둑의 영향에서 자유롭지 못했던 것이다.

이런 경험들이 쌓이면서 나는 점차 '에너지 도둑'들과 어떻게 거리를 두고, 나와 팀원들의 에너지를 어떻게 지켜낼 수 있는지 배워나갔다. 이를 위해 몇 가지 전략을 세웠다.

에너지 도둑을 차단하고 팀의 분위기를 개선하는 전략, 첫째, 에너지 도둑을 식별하는 법을 익혔다. 그들은 대개 다음과 같은 특징을 보인다.

- 늘 불평불만을 늘어놓는다.
- 자신의 실수나 실패를 항상 남의 탓으로 돌린다.
- 대화를 독점하며 다른 사람의 의견은 무시한다.
- 항상 최악의 시나리오를 가정한다.
- 동료의 성과나 승진을 시기한다.

이런 특징들을 파악하고 나니, 우리 팀에 숨어있던 에너지 도둑들이 하나둘 눈에 들어오기 시작했다.

둘째, 명확한 경계를 설정했다. 처음에는 이기적으로 보일까 걱정됐지만, 곧 이것이 팀 전체를 위한 일임을 인식했다. 나는 다음과 같은 방법을 시도해 보았다.

"죄송하지만, 지금은 그런 이야기를 들을 준비가 되어 있지 않습니다. 업무에 집중해 주시겠습니까?"라고 정중하게 말했다.

회의 중 누군가 지나치게 부정적인 의견을 내면, 의도적으로 긍정적인 측면을 짚어내며 균형을 잡으려 노력했다.
때로는 에너지 도둑과의 직접적인 대면을 줄이기 위해 팀 구조를 재배치하기도 했다.

에너지 도둑과 거리를 두는 것이 이기적으로 보일까 걱정할 필요 없다. 자신의 정신적, 감정적 건강을 지키는 것은 우리의 권리이자 의무다. 그들의 부정적인 에너지로부터 자신을 보호하기 위해 다음과 같은 방법을 시도해보자.

- 정중하게 대화 거절하기.
- 대화의 주제를 긍정적인 방향으로 전환하기.
- 필요하다면 물리적으로 거리두기.

셋째, 팀원들에게 자신만의 에너지 충전법을 찾도록 권장했다. 나의 경우, 점심 시간을 이용해 잠깐 명상을 하거나 사무실 주변을 산책하는 것이 도움이 됐다.

어떤 팀원은 좋아하는 음악을 들으며 기분 전환을 했고, 또 다른 팀원은 스트레칭으로 긴장을 풀었다.

에너지 도둑과의 만남이 불가피할 때도 있다. 그럴 때를 대비해 우리는 자신만의 에너지 충전법을 가지고 있어야 한다.

때로는 "이 사람의 부정적인 에너지가 나에게 영향을 미치지 않는다"라고 마음속으로 되뇌는 것만으로도 효과가 있다.

넷째, 공감은 하되 감정의 늪에 빠지지 않도록 주의했다. 에너지 도둑들도 그들 나름의 고충이 있을 것이다. 하지만 그들의 부정적인 감정에 함께 빠져들 필요는 없다.

"당신의 어려움은 이해합니다. 하지만 우리 팀에는 긍정적인 에너지가 필요합니다. 해결책을 함께 찾아볼까요?"라고 말하며 건설적인 방향으로 대화를 이끌어 갔다.

에너지 도둑들의 아픔을 이해하고 공감하는 것도 중요하다. 하지만, 그들의 감정에 휩쓸리거나 같이 빠져들 필요는 없다. "당신의 기분이 좋지 않다는 걸 이해합니다.

하지만 저는 지금 제 기분을 유지하고 싶습니다."라고 말하는 것도 좋은 방법이다.

다섯째, 팀원들의 내면을 강화하는 데 주력했다. 정기적인 팀 빌딩 활동과 개인 코칭을 통해 팀원들의 자존감과 회복력을 높이려 노력했다.

에너지 도둑에게 영향받지 않는 가장 좋은 방법은 자신의 내면을 강하게 만드는 것이다. 긍정적인 자아상을 갖고, 자신의 가치를 인정하며, 스스로를 사랑하는 습관을 들이자. 내면이 강한 사람은 외부의 부정적인 영향에 덜 흔들린다.

이러한 노력들이 하루아침에 큰 변화를 가져오지는 않았다. 하지만 시간이 지나면서 조금씩 팀 분위기가 밝아졌고, 생산성도 향상되었다. 무엇보다 팀원들의 얼굴에서 미소를 더 자주 볼 수 있게 되었다.

물론 아직도 가끔은 에너지 도둑들의 영향력에 휘둘릴 때가 있다. 완벽한 해결책은 없지만, 이제 매일 아침 출근길에 그 이웃을 만난다면 거기에 흔들리지 않을 방법은 안다. "당신의 기분은 당신의 것이고, 나의 기분은 나의 것입니다."라고 스스로에게 말하는 것이다.

에너지 도둑으로부터 자신을 지키는 것은 쉽지 않은 과제다. 때로는 그들의 부정적인 에너지에 휩쓸릴 때도 있을 것이다.

하지만 그럴 때마다 우리는 다시 한번 마음의 경계를 세우고, 우리의 소중한 에너지를 지켜내야 한다.

우리의 인생은 우리의 것이다. 누군가의 부정적인 에너지가 우리의 삶을 좌우하도록 내버려두지 말자. 당신의 에너지는 소중하다. 그것을 지키는 것은 당신의 권리이자 의무임을 잊지 말자. 오늘도 나는 이 사실을 가슴에 새기며 사무실 문을 연다.

막말하는 사람들 대처법

오늘 아침, 동네 카페에서 또다시 그 상황과 마주했다. 한 손님이 바리스타에게 거친 말을 내뱉는 순간, 공기가 얼어붙는 듯했다.

"이런 맛없는 커피를 돈 받고 파는 게 부끄럽지도 않아요?"라는 말이 날카롭게 울려 퍼졌다. 순간 나는 망설였다. 개입해야 할까, 아니면 그냥 넘어가야 할까?

지난 수년간 다양한 사회 활동을 하면서, 나는 수많은 막말 상황을 목격했고, 때로는 그 대상이 되기도 했다. 처음에는 그저 충격과 분노로 가득 찼었다.

그러나 시간이 지나면서 막말은 단순히 '나쁜 말'의 문제가 아니라는 것을 깨달았다. 그것은 더 깊은 곳에 뿌리를 둔 복잡한 현상이었다.

이러한 막말의 심리에 대해 저명한 심리학자 마샬 로젠버그(Marshall Rosenberg)는 그의 저서 "비폭력 대화"에서 다음과 같이 말한다.

"우리가 듣는 모든 말은 사랑의 외침이거나 도움을 요청하는 것입니다."

로젠버그의 이 통찰은 막말을 하는 사람들의 내면을 이해하는 데 중요한 관점을 제공한다. 그들의 거친 언어 뒤에는 충족되지 않은 욕구나 깊은 상처가 숨어 있을 수 있다는 것이다.

막말을 하는 사람들은 대개 몇 가지 공통된 착각에 빠져있다. 그들의 행동을 이해하는 것이 첫 번째 단계다. 그래야 효과적으로 대처할 수 있기 때문이다.

첫째, '나는 옳고 너는 틀렸다'는 착각. 막말을 하는 사람들은 자신의 관점만이 유일하게 옳다고 믿는 경향이 있다. 그들은 다른 사람의 의견이나 감정을 고려할 여유가 없다. "내가 더 잘 알아"라는 태도로 상대방을 무시하곤 한다.

둘째, '강한 말이 효과적이다'라는 착각. 그들은 거친 언어나 고압적인 태도가 자신의 메시지를 더 잘 전달할 수 있다고 믿는다. 하지만 실제로는 그 반대다. 강압적인 말은 오히려 상대방의 방어벽을 높이고 소통을 막는다.

셋째, '감정 조절은 불필요하다'는 착각. 막말을 하는 사람들은 종종 자신의 감정을 여과 없이 표현하는 것이 '진실함'의 표시라고 여긴다. 하지만 이는 단순히 감정 조절 능력의 부족을 드러낼 뿐이다.

넷째, '상대방도 별로 상처받지 않을 것'이라는 착각. 그들은 자신의 말이 얼마나 큰 상처를 줄 수 있는지 과소평가한다. "너무 예민하게 굴지 마"라는 말로 자신의 행동을 정당화하려 한다.

다섯째, '나는 변할 필요가 없다'는 착각. 막말을 습관적으로 하는 사람들은 종종 자신의 행동을 바꿀 필요성을 느끼지 못한다. 그들은 "나는 원래 이런 성격이야"라며 변화를 거부한다.

이러한 착각들은 건강한 의사소통을 방해한다. 심리학자 존 가트맨(John Gottman)은 그의 연구에서 말한다.

"비난, 경멸, 방어, 벽 쌓기는 관계를 파괴하는 네 가지 독소입니다. 이 중 가장 해로운 것은 경멸입니다."

가트맨의 이 말은 막말, 특히 상대방을 경멸하는 듯한 표현이 얼마나 관계에 해로운지를 잘 보여준다. 이러한 착각들을 이해하고 나니, 막말에 대처하는 방법도 조금씩 보이기 시작했다.

즉각적인 반응을 자제하라. 막말을 들었을 때 가장 먼저 해야 할 일은 심호흡이다. 감정적으로 대응하면 상황을 더 악화시킬 뿐이다. 잠시 시간을 두고 냉정을 되찾아라.

'나' 전달법을 사용하라.
"당신이 그렇게 말해서 기분이 나쁘다."가 아니라 "그런 말을 들으니 내가 존중받지 못한다고 느껴져요."라고 말하라. 이는 상대방의 방어를 낮추는 데 도움이 된다.

명확한 경계를 설정하라. "그런 식으로 말씀하시면 저는 이 대화를 계속할 수 없습니다"라고 단호하게 말하라. 때로는 대화를 중단하고 자리를 피하는 것도 필요하다.

상대방의 감정을 인정하되, 행동은 구분하라. "당신이 화가 난 것은 이해합니다. 하지만 그렇게 말하는 것은 적절하지 않습니다."라고 말하라. 이는 상대방의 감정은 존중하면서도 부적절한 행동에는 선을 그을 수 있게 해준다.

대화의 초점을 문제 해결에 맞추라. "서로를 비난하는 대신, 이 문제를 어떻게 해결할 수 있을지 함께 생각해 볼까요?"라고 제안하라. 이는 대화의 방향을 건설적인 쪽으로 전환시킬 수 있다.

필요하다면 주변의 도움을 받아라. 지속적인 막말이나 언어폭력은 심각한 문제다. 때로는 다른 사람들의 개입이나 전문가의 조언이 필요할 수 있다.

이런 전략들을 실천하면서, 나는 점차 막말 상황을 더 효과적으로 다룰 수 있게 되었다. 물론 아직도 완벽하지는 않다. 때로는 여전히 당황하고 화가 나기도 한다. 하지만 이제는 그 순간을 좀 더 차분히 다룰 수 있는 도구들을 가지고 있다.

심리학자 다니엘 골먼(Daniel Goleman)은 그의 저서 "감성지능"에서 다음과 같이 말했다. "감정을 인식하고 조절하는 능력은 성공적인 대인관계의 핵심입니다." 골먼의 이 말은 막말 상황에서 우리가 왜 감정을 조절해야 하는지, 그리고 그것이 얼마나 중요한지를 잘 설명해준다.

오늘 아침의 그 상황으로 돌아가 보자. 나는 잠시 숨을 고르고 바리스타와 손님 사이에 끼어들었다. "죄송합니다만, 모두가 편안한 아침을 보내고 싶어 하실 거예요. 무엇이 문제인지 차분히 이야기해 보는 게 어떨까요?"라고 제안했다.

이 접근법이 마법처럼 모든 것을 해결하지는 않았다. 하지만 적어도 대화의 방향을 조금 더 건설적인 쪽으로 돌릴 수 있었다. 그리고 이것이 바로 우리가 목표로 해야 할 바다.

막말은 단순히 '나쁜 말'의 문제가 아니다. 그것은 깊은 불안, 두려움, 좌절감의 표현일 수 있다. 막말에 대처하는 가장 효과적인 방법은 단순히 그것을 억누르거나 무시하는 것이 아니라, 그 이면의 감정과 욕구를 이해하고 건강하고 효과적인 소통 방식을 만들어내는 것이어야 한다.

이 여정은 쉽지 않다. 때로는 좌절할 수도 있다. 하지만 우리가 조금씩 노력한다면, 더 존중받는 사회, 더 건강한 관계를 만들어갈 수 있을 것이다. 오늘도 나는 이 믿음을 가지고 하루를 시작한다.

실망을 잘 다루는 법

얼마 전, 오랫동안 기다려온 소식을 받았다. 정부지원사업 선정 결과였다. 기대감에 가득 차 화면을 열었지만, 내 이름은 끝내 보이지 않았다. 그 순간, 머리가 하얘지며 가슴이 내려앉는 것 같았다.

지난 6개월간 나는 이 계획서를 위해 모든 것을 바쳤다. 주말과 평일 저녁, 심지어 점심시간까지 아껴가며 준비했다.

내 인생의 전부를 쏟아부었다고 해도 과언이 아니었다. 이 정도로 노력했으니 당연히 선정될 거라 믿었다. 하지만 결과는 냉혹했다. 내 이름은 어디에도 없었다.

순간적으로 나는 혼란스러웠다. 분노와 좌절, 자책과 부끄러움이 한꺼번에 밀려왔다. '뭐가 잘못된 걸까?', '왜 나는 안 된 걸까?'라는 생각들이 머릿속을 가득 채웠다.

그동안 포기했던 것들과 놓친 기회들이 떠오르며 더 큰 괴로움이 밀려왔다.

그러나 무엇보다도 '내가 부족한 사람인가?'라는 자괴감이 나를 괴롭혔다. 이렇게 열심히 했는데도 결과가 없다면, 나는 정말 능력이 없는 걸까? 세상에 쓸모없는 사람인 걸까? 이러한 생각들이 내 자존감을 갉아먹었다.

한동안 멍하니 시간을 보냈다. 머릿속이 텅 빈 듯한 공허함만이 남았다. 이 실망감을 어떻게 극복해야 할까? 이 질문은 나뿐만 아니라 많은 사람들이 겪는 고민일 것이다.

우리는 살면서 크고 작은 실망을 경험한다. 그것은 피할 수 없는 감정이다. 하지만 실망을 어떻게 다루느냐에 따라 우리의 삶은 크게 달라질 수 있다.

심리학자 마틴 셀리그만(Martin Seligman)은 "실패나 실망을 어떻게 해석하느냐가 우리의 미래를 결정한다"고 말했다. 실망을 일시적이고 특정 상황에 국한된 것으로 보는 사람들은 더 빨리 회복하고 성장할 수 있다.

하지만 실망을 다루는 데 있어 흔히 빠지는 함정이 있다.

과잉 일반화 : "이번에 실패했으니 나는 항상 실패할 거야."

개인화 : "이 모든 게 다 내 잘못이야."

파국화 : "이제 모든 게 끝났어. 다시는 기회가 없을 거야."

흑백 논리 : "완벽하게 성공하지 못했으니 완전한 실패야."

감정적 추론 : "실망스러우니까 내 인생은 실망스러운 거야."

이러한 사고의 함정들은 우리를 더 깊은 실망의 늪으로 빠뜨릴 수 있다. 하지만 우리는 이를 극복할 수 있는 방법들을 배울 수 있다.

실망을 잘 다루는 방법

감정을 인정하고 받아들이기

실망감을 느끼는 것은 자연스럽고 정상적인 반응이다. "나는 지금 실망감을 느끼고 있구나"라고 스스로에게 인정해보자. 이 감정을 부정하거나 억압하지 않고, 있는 그대로 받아들이는 것이 중요하다.

상황을 객관적으로 바라보기

실망스러운 상황에 대해 잠시 거리를 두고 바라보자. 무엇이 실제로 일어났는지, 그리고 그것이 의미하는 바가 무엇인지 차분히 생각해본다.

교훈 찾기
모든 실패와 실망에는 배울 점이 있다. "이 경험에서 내가 배울 수 있는 것은 무엇일까?"라고 자문해보자. 이는 앞으로의 성장에 큰 도움이 된다.

자기 연민 실천하기
심리학자 크리스틴 네프(Kristin Neff)는 자기 연민의 중요성을 강조한다. 스스로를 비난하는 대신, 친구에게 말하듯 자신에게도 위로의 말을 건네보자. "너무 애썼어, 괜찮아"라고 자신에게 말해주는 것이 큰 위로가 될 수 있다.

새로운 목표 설정하기
한 가지 길이 막혔다면, 다른 길을 찾아보자. 새로운 목표를 세우고 그것을 향해 나아가는 것이 실망을 극복하는 좋은 방법이다.

지지 체계 활용하기
혼자 실망을 감당하려 하지 말자. 신뢰할 수 있는 사람들과 이야기를 나누고 지지를 받는 것이 큰 힘이 된다.

긍정적인 면 찾기

어떤 상황에서도 긍정적인 면을 찾을 수 있다. 그것이 아무리 작은 것이라도, 그 긍정적인 면에 초점을 맞추자.

그날의 그 상황으로 돌아가보자. 나는 깊은 숨을 들이쉬고, 내 감정을 인정했다. "그래, 지금 실망스럽구나. 이건 자연스러운 거야." 그리고 나서 이 경험에서 무엇을 배울 수 있을지 생각해봤다. 내가 준비한 사업계획서의 장단점을 객관적으로 분석하기 시작했다.

실망을 다루는 것은 결코 쉬운 일이 아니다. 하지만 우리가 이를 잘 다루는 법을 배운다면, 실망은 오히려 우리를 더 강하고 현명하게 만드는 기회가 될 수 있다.

우리는 모두 크고 작은 실망을 겪는다. 그러나 실망을 잘 다루는 법을 배운다면, 그것은 끝이 아닌 새로운 시작의 신호일 뿐이다. 실망을 성장의 기회로 삼아, 더 강하고 지혜로운 자신으로 나아가기를 바란다.

혼자서도 잘 살아라

어느 날 저녁, 카페에서 혼자 책을 읽고 있던 나는 문득 주변을 둘러보게 되었다. 대부분의 사람들이 친구나 연인과 함께 웃으며 대화를 나누고 있었다. 반면에 나는 혼자였다. 그 순간, 마음 한구석에 스쳐 지나가는 생각이 있었다.

'내가 이렇게 혼자 있는 게 이상한 걸까?' 하지만 이내 다시 책으로 눈을 돌렸다. 그리고 그 순간, 내 안에 일어나는 평온함을 느꼈다. 혼자 있는 것이 나에게 위안이 된다는 것을 깨달았다.

사람들은 종종 고독을 두려워한다. 고독이란 외로움과 동의어로

여겨지곤 한다. 그래서 무리를 지어 다니며 많은 친구를 사귀고, 항상 누군가와 함께 있어야만 안정감을 느끼는 사람들이 많다. 하지만 고독은 결코 나쁜 것이 아니다. 오히려, 고독을 잘 견디는 사람이 진정으로 자신의 삶을 살 수 있다.

니체는 무리 지어 다니는 사람들 중 제대로 된 인생을 사는 사람을 본 적이 없다고 말했다. 그는 많은 친구를 원하고 늘 누군가 함께 있지 않으면 불안해하는 것은 그 사람이 위태로운 상태에 있다는 증거라고 지적했다. 왜 그럴까? 그들은 외로움을 두려워하기 때문이다. 그리고 그 외로움의 근원은 자신을 제대로 사랑하지 못하기 때문일지도 모른다.

고독을 두려워하는 사람들은 종종 자신을 제대로 이해하지 못한다. 외부의 관계에서만 자신의 가치를 찾으려 하고, 누군가와 함께 있어야만 자신이 충분히 사랑받고 있다고 느낀다.

하지만 이러한 의존적인 관계는 결국 그들을 더 불안하게 만들 뿐이다. 오히려, 자신만의 시간을 통해 진정한 만족과 행복을 찾는 사람이 더 풍요로운 삶을 살 수 있다.

예를 들어, 나는 한때 외로움을 견디지 못해 항상 친구들과 함께 시간을 보내려고 노력했다. 친구들과의 만남은 즐겁기도 했지만, 때로는 오히려 지치고 피곤해지는 나를 발견했다. 그리고 어느 날, 혼자 있는 시간이 주는 고요함과 안정감을 느꼈다.

그 이후로 나는 혼자만의 시간을 더 소중히 여기게 되었다. 혼자 카페에 가서 책을 읽고, 산책을 하며 사색에 잠기는 시간이 내 삶의 중요한 부분이 되었다. 그런 시간이 나에게 진정한 만족을 주고, 스스로를 더욱 사랑할 수 있게 만들어주었다.

고독을 잘 견디는 사람은 남에게 의존하지 않고도 자신의 삶에 만족할 수 있다. 이들은 혼자 있을 때 자신의 내면을 더 깊이 들여다보고, 스스로를 이해하며, 스스로를 사랑하는 법을 배운다.
외부의 평가나 타인의 시선에 흔들리지 않고, 오롯이 자신의 기준에 따라 삶을 살아간다. 이는 결코 쉽게 얻어지는 것이 아니다. 고독을 견디는 과정에서 많은 사람들은 스스로와 마주하는 두려움에 직면하게 된다. 그러나 그 과정을 통해 얻는 것은 그 어떤 것보다도 값지다.

또한, 고독을 통해 우리는 더 현명해진다. 자신의 내면과 깊이 대화하면서 진정으로 원하는 것이 무엇인지 깨닫게 된다.

세상의 소음에서 벗어나, 자신만의 고요한 공간에서 스스로를 재정비하는 시간이야말로 우리의 삶을 더욱 풍요롭게 만든다. 고독은 혼자가 되는 것이 아니라, 스스로를 더 잘 알게 되는 과정이다.

니체가 말했듯이, 남이 있어야만 자신에게 만족하는 사람은 진정한 행복을 느끼기 어렵다.

오히려, 고독을 통해 자신과 충분히 함께 있을 수 있는 사람이야말로 진정한 인생을 살 수 있다. 그렇기에 고독을 두려워할 필요가 없다. 고독은 우리가 성장하고, 자신을 더 사랑하게 만드는 중요한 시간이다.

그래서 고독한가? 축하할 일이다. 이는 당신이 더 깊이 자신을 이해하고, 진정한 자신을 찾아가는 여정의 시작을 알리는 신호일 뿐이다. 이제는 자신과 함께하는 시간을 통해 더 큰 만족과 행복을 찾을 차례다.

고독 속에서 자신의 가치를 발견하고, 그 누구도 아닌 오롯이 자신만의 인생을 살아가자. 그 안에서 진정한 행복과 평화를 발견할 수 있을 것이다.

제3장
기분을 내 편으로 만들기

정지수

책을 통한 자기계발 컨설팅과 27년간 쌓아온 네트웍마케팅 사업의 노하우로 수많은 사람들과 현장에서 소통하며 강의를 해왔으며, 평생직업, 평생현역 으로써의 삶을 준비하기 위한 인세소득과 연금형소득 을 창출 해 나가는것을 돕고있다.

요즘 어른들이 돈관리와 재정문제로 힘들어 하는것을 보면서, 함께 그 문제를 풀어 나가는 과정에 컨설팅과 소통상담을 하면서 배우고 느끼는 부분들을 책으로 만들어 가고있으며, 세컨밀레니얼 시대를 준비하는 어른들에게 책을 통한 자기계발과 마인드셋의 변화과정을 함께하고 있다.

유튜브 : @fca2689
인스타그램: @fca268920
스레드 : @fca268920
이메일: fca268920@gmail.com

자기 자신을 돌보는 중요성

잠을 설친 다음 날, 아침에 일어나기조차 힘든 경험을 누구나 한 번쯤은 해봤을 것이다. 몸이 무겁고, 머리는 맑지 않으며, 하루 종일 무언가를 하는 것이 버겁게 느껴진다. 몸이 이런데 마음은 어떨까?

몸이 지치면 마음도 지친다. 이러한 상태에서 나 자신을 어떻게 돌볼 수 있을까?

자신을 돌본다는 것은 단순히 육체적 건강을 챙기는 것만을 의미하지 않는다. 정신적, 감정적 건강 또한 중요하다. 예를 들어, 균형

잡힌 식사와 충분한 수면, 규칙적인 운동은 몸을 튼튼하게 하지만, 그와 동시에 마음도 건강해진다. 몸이 건강하면, 머리도 맑아지고, 감정도 차분해진다.

하지만 우리 삶의 모든 요소가 물리적인 것은 아니다. 때로는 마음의 휴식이 더 절실하다.

하루의 끝에서 책을 읽거나, 조용히 명상을 하거나, 좋아하는 음악을 들으며 마음을 달래는 시간이 필요하다. 이 시간들은 내면의 스트레스를 해소하고, 정신적인 평화를 찾는 데 큰 도움이 된다.

더 나아가, 나 자신에게 친절한 태도를 가지는 것이 중요하다. 사람들은 자주 자신에게 너무 엄격해진다. "이걸 왜 못했을까?", "더 잘할 수 있었는데…"와 같은 부정적인 생각이 마음을 갉아먹는다.

하지만, 스스로에게 자비를 베풀고, 자신의 한계를 인정하는 것도 자기 관리의 중요한 부분이다. 때로는 멈추고, 충분히 했다고, 잘해냈다고 자신에게 말해줄 필요가 있다.

사회적 관계 또한 빼놓을 수 없는 중요한 요소다. 좋은 관계는 삶의 질을 높이고, 정서적인 안정을 가져다준다. 마음을 터놓고 이야기할 수 있는 사람과의 대화는 마음의 무게를 덜어준다.

 내가 느끼는 감정들을 공유하고, 이해받는 경험은 내면의 불안을 줄이고, 더 나아가 삶에 대한 긍정적인 태도를 심어준다.

 자신을 돌보는 것은 결국, 더 나은 내가 되기 위한 과정이다. 세상의 속도에 휩쓸리지 않고, 나 자신에게 집중하며 내 삶을 주체적으로 살아가는 방법이다. 물론, 때때로 어려운 일이기도 하다.

 하지만, 작은 변화부터 시작해보자. 더 나은 식습관을 갖거나, 매일 10분씩 명상하는 것만으로도 큰 차이가 생길 것이다. 나를 돌보는 작은 습관들이 모여, 어느 순간 나는 더욱 건강하고 행복한 나를 만나게 될 것이다.

 지금 이 순간, 나 자신을 돌보는 일은 단지 선택의 문제가 아니다. 그것은 나를 지키는 일이며, 나를 사랑하는 일이다. 세상이 아무리 빠르게 변해도, 나만큼은 나 자신을 잊지 말아야 한다.

 내 안의 소리를 듣고, 내 마음을 어루만지며, 내 존재의 가치를 알아가는 과정이 바로 자기 돌봄이다.

삶은 늘 우리에게 도전을 던지지만, 그 안에서 나를 돌보는 것이야말로 진정한 용기다. 남들 앞에서 강한 척하지 않아도 된다. 스스로에게 "괜찮다"라고 말하며, 내면의 불안을 감싸 안을 수 있는 힘을 기르는 것이 더 중요하다.

자신을 돌보는 일은 오늘 하루만을 위한 것이 아니다. 그것은 나의 모든 날들을 위한 준비다.

언젠가 힘든 날이 찾아오더라도, 그때의 나는 지금보다 더 단단하고, 더 밝게 빛날 것이다. 그리하여, 나는 세상의 어떤 바람에도 흔들리지 않는 나 자신을 발견할 것이다.

그리고 그때, 나는 비로소 깨달을 것이다. 나를 돌보는 것이야말로 나를 진정으로 사랑하는 방법임을. 나 자신이 온전히 나일 수 있는 시간과 공간을 허락함으로써, 나는 나의 삶을 더욱 아름답게, 더욱 깊이 있게 만들어갈 것이다.

그러니, 오늘 나를 위한 작은 시작을 하자. 내일의 내가 지금의 나에게 고마워할 그 순간을 위해.

자세를 바꾸면 기분이 바뀐다

오랫동안 같은 자세로 앉아 있다 보면 어깨는 점점 뻣뻣해지고, 허리는 묵직해진다. 컴퓨터 모니터에 집중한 나머지, 자신도 모르게 구부정해진 자세로 몇 시간을 보내는 일이 많다.

그런데 이런 자세로 앉아 있는 동안 기분이 우울하거나 피로를 더 느껴본 적이 있을 것이다.

사실, 우리는 자세에 따라 기분이 달라질 수 있다는 것을 잘 인식하지 못한다. 매일 반복되는 일상 속에서 자세의 작은 변화가 기분에 얼마나 큰 영향을 미칠 수 있는지 깨닫지 못한 채, 하루하루를 보내고 있는 것이다.

 이처럼 자세와 기분은 밀접한 관계를 맺고 있다. 자세를 바꾸면 기분이 바뀐다. 단순한 말 같지만, 실제로 신체와 마음은 서로 깊은 연결고리를 가지고 있다. 여러 연구에서 신체 자세가 뇌의 화학 반응에 영향을 미친다는 사실이 밝혀졌다.

 예를 들어, 당당한 자세를 취하면 자신감을 높이는 테스토스테론이 증가하고, 스트레스를 줄이는 코르티솔이 감소한다. 이 같은 변화는 자연스럽게 긍정적인 감정을 불러일으킨다.

 웅크린 자세는 그 반대다. 어깨가 움츠러들고, 허리가 구부러진 자세는 부정적인 기분을 강화하는 경향이 있다. 스트레스와 우울감을 증가시키고, 하루를 더 힘들게 만든다. 하지만 의식적으로 자세를 바꾸는 것만으로도 이러한 부정적인 감정을 어느 정도 해소할 수 있다.

 어깨를 펴고, 가슴을 내밀고, 깊게 숨을 들이쉬는 것. 단 몇 초의 변화가 마음속 무거운 짐을 덜어내는 데 큰 도움이 된다.

 우리는 삶을 살아가며 끊임없이 기분의 변화를 경험한다. 어떤 날은 이유 없이 기분이 좋고, 또 어떤 날은 특별한 이유 없이 우울하다.

 그러나 중요한 것은 이러한 기분 변화 속에서 우리가 어떤 자세를 취하느냐이다. 자세를 바꾸는 것만으로도 기분에 큰 변화를 줄 수 있다.

 먼저, 좋은 자세를 유지해보라. 올바른 자세는 신체의 뼈, 관절, 근육이 최적의 상태로 정렬되도록 돕는다. 예를 들어, 앉거나 서 있을 때 척추가 곧게 펴져 있고 어깨가 뒤로 젖혀져 있다면, 이는 자신감과 긍정적인 감정을 촉진하는데 기여할 수 있다.

 또한, 바른 자세를 유지하면 뇌에 더 많은 산소와 혈액이 공급되어 집중력과 생산성을 향상시킨다

자세 인식하기 : 하루 종일 자신이 어떤 자세를 취하고 있는지 의식적으로 관찰해보자. 책상 앞에 앉아 있을 때, 또는 줄을 서 있을 때 자주 구부정해지지 않도록 신경 써보자. 스마트폰을 사용할 때도 머리가 앞으로 빠지지 않도록 주의하자.

규칙적인 움직임 : 매 30분마다 스트레칭이나 짧은 산책을 하여

신체를 자주 움직이는 것이 좋다. 이는 혈액 순환을 촉진시키고 근육의 긴장을 완화해 준다

호흡과 함께 자세 교정하기: 깊은 숨을 들이쉬면서 척추를 곧게 펴고 어깨를 뒤로 젖혀보자. 이는 몸의 긴장을 풀어주고, 긍정적인 마음 상태를 유도할 수 있다

결국, 우리 자세는 마음과 직결되어 있으며, 더 나아가 삶의 방향을 결정짓는 중요한 요소다.

하루 종일 쌓여가는 피로와 스트레스 속에서도, 우리는 자세를 통해 기분을 바꿀 수 있다. 허리를 곧게 펴고, 어깨를 당당하게 젖히는 작은 변화가 내일의 나를 더 강하고 긍정적으로 만들어 줄 것이다.

지금 이 순간, 내가 어떤 자세를 취하고 있는지 생각해보자. 작은 변화가 거대한 파도를 일으키듯이, 바른 자세는 내 삶에 긍정적인 에너지를 불어넣고, 나를 더 밝고 활기찬 사람으로 변화시킬 것이다.

그 변화의 시작은 지금, 이 자리에서 일어날 수 있다. 나는 오늘

의 이 작은 결심이 내일의 나를 더 나은 방향으로 이끌 것임을 믿는다. 그리고 그 믿음이 내 안에서 조용히, 그러나 강하게 자리 잡을 때, 나는 비로소 나의 하루를, 나의 삶을 진정으로 주도할 수 있을 것이다.

자신에게 친절하기

며칠 전, 실수를 저지른 후 스스로를 질책하며 잠을 이루지 못했던 날이 떠오른다. "어떻게 이럴 수가 있지?"라는 생각이 머릿속에서 떠나지 않았다.

그런데 문득, 친구가 같은 상황에 처했을 때 내가 그에게 뭐라고 말했을지를 떠올려보았다.

아마도 "괜찮아, 누구나 실수할 수 있어. 다음번엔 더 잘할 거야"라고 했을 것이다. 그런데 왜 나에게는 그렇게 따뜻한 말을 건네지 않았을까?

우리는 흔히 다른 사람에게는 친절하고 다정한 말을 건네면서도, 정작 자신에게는 가혹하게 대하는 경향이 있다.

친구가 힘들어할 때는 위로하고 격려하면서도, 자신에게는 실수나 실패를 용납하지 않고, 더 나아가 스스로를 몰아붙인다.

그러나 만약 나 자신에게도 소중한 친구에게 하듯이 친절하게 대한다면, 삶은 훨씬 더 부드럽고 긍정적으로 변화할 것이다.

자신에게 친절하기 위해선 먼저 자기 이해가 필요하다. 우리는 때때로 실수할 수 있고, 그럴 때마다 스스로를 비난하는 대신 이렇게 말해보자. "괜찮아, 다음엔 더 잘할 수 있어."

이 단순한 말이 주는 힘은 생각보다 크다. 자책보다는 부드럽고 따뜻한 말로 자신을 위로하는 습관을 들이자. 이는 마치 친구가 실수했을 때, 그의 등을 두드리며 해주는 격려와 다르지 않다.

또한, 우리 삶에 어려움이 닥쳤을 때도 마찬가지다. 사랑하는 사람이 힘든 시간을 보내고 있다면 우리는 그를 이해하고 위로하려 노력한다.

"너는 충분히 잘하고 있어. 이 상황을 잘 이겨낼 거야"라고 말하며 그를 응원할 것이다. 이와 똑같은 말들을 자신에게도 건네야 한다. 스스로를 이해하고 용서하며, 친절하게 위로하는 태도는 마음의 평온을 가져다준다.

이런 식으로 자신에게 친절하게 대하면 스트레스가 줄어들고, 일상에서 더 긍정적이고 행복한 기분을 느낄 수 있다. 많은 사람들이 자신에게 지나치게 엄격한 이유는, 자신의 실수나 부족함을 용납하지 않기 때문이다.

우리는 항상 더 나아지기를 원하지만, 그 과정에서 자신을 너무 가혹하게 대한다면 오히려 역효과가 날 수 있다. 스스로를 다그치기보다는 작은 실수마저도 따뜻하게 받아들이며 나아가는 것이 더 큰 성장을 이끌어낸다.

관계에서도 자신에게 친절하게 대하는 태도는 중요한 역할을 한다. 우리는 자주 타인을 내 방식대로 바꾸고 싶어 한다. 그러나 세상에서 우리가 바꿀 수 없는 것이 있다면, 그것은 바로 타인이다.

다른 사람을 내 뜻대로 바꾸는 것은 거의 불가능에 가깝다. 하지만 다행히도, 우리가 바꿀 수 있는 것은 있다. 그것은 바로 나 자신을 바라보는 관점이다.

 세상을 바라보는 나의 시선, 즉 관점을 바꾸고 새로운 시각으로 훈련하면, 마음의 평안을 찾을 수 있다. 나 자신을 먼저 돌보고, 나의 감정을 이해하고 관리하는 것이 얼마나 중요한지 깨닫게 될 것이다.

 결국, 자신을 사랑하고 자신에게 친절하게 대하는 것은 모든 행복의 시작점이다. 우리가 다른 사람에게 주는 따뜻한 말 한마디가 그들의 삶에 빛이 되듯, 나 자신에게 건네는 따뜻한 말 역시 내 삶에 깊은 울림을 남긴다.

 이 작은 변화가 하루를 바꾸고, 그 하루가 모여 내 인생 전체를 바꿀 수 있다. 삶의 여정에서 스스로를 이해하고, 용서하고, 따뜻하게 감싸주는 일은 결코 사소하지 않다. 그것은 내가 가장 중요한 사람임을 인정하는 것이고, 그 인정이야말로 나를 진정으로 살아가게 하는 힘이 된다.

 지금 이 순간, 나에게도 소중한 친구에게 하듯이 다정한 말을 건네보자. "네가 충분히 잘하고 있어, 너는 이겨낼 수 있어." 이 작은 다짐이, 오늘의 어둠 속에서도 나를 일으켜 세우고, 내일의 빛을 보게 할 것이다.

 삶이 아무리 힘들어도, 나 자신이 나의 가장 든든한 지지자라는 것을 잊지 말자. 그 지지를 통해 우리는 더 강해지고, 더 깊어지며, 결국에는 더 밝은 길을 걸어갈 수 있을 것이다.

 나를 향한 따뜻한 말 한마디가, 내가 이 세상에서 가장 소중한 존재임을 일깨우는 등불이 되길. 그 등불 아래서 나 자신을 사랑하며, 세상에서 가장 진실된 행복을 누릴 수 있기를.

성숙한 사람이 되는 방법

 하루는 친구와의 대화 중, 작은 거짓말을 들었다. 예전 같았으면 곧장 화를 내거나 따졌을 텐데, 이번엔 그저 미소 지었다. 무심코 거짓말을 한 상대에게 굳이 진실을 강요할 필요가 없다는 걸 알게 된 것이다.

 성숙함이란, 때론 상대의 미숙함을 조용히 받아들이는 것에서 비롯된다.

 살다 보면 여러 가지 관계를 맺게 된다. 친구, 연인, 가족, 동료 등 다양한 사람들이 우리의 삶을 채운다. 그런데 어느 순간, 이 모든 관계보다 중요한 것이 바로 자신의 정신 건강임을 깨닫게 된다.

누군가와의 관계가 나를 지치게 할 때, 그 관계를 유지하기 위해 자신을 희생하는 것이 성숙함이 아님을 알게 되는 것이다. 나를 보호하는 것이야말로 진정한 성숙함이다.

또한, 관계에서 가장 중요한 것은 '선택'이다. 그러나 성숙한 사람은 누구에게도 자신을 선택하라고 강요하지 않는다. 선택은 각자의 몫이며, 그 선택이 자신을 향하지 않더라도 억지로 잡으려 하지 않는다. 그저 자연스럽게 흘러가는 대로 두는 것이다.
억지로 붙잡을수록 더 멀어지게 되는 것이 사람 마음이기에, 진정한 성숙은 이러한 선택의 자유를 존중하는 데서 온다.

살다 보면 '당연히 이 사람은 나에게 이 정도는 해주겠지'라는 생각을 하게 된다. 그러나 성숙함은 누구도 나에게 빚진 것이 없다는 것을 깨닫는 데서 시작된다.

그 누구도 내가 기대하는 만큼의 관심이나 사랑을 줄 의무가 없다. 오히려, 기대하지 않음으로써 오히려 더 큰 평화를 얻을 수 있다. 내가 기대하는 것이 당연하지 않다는 사실을 깨닫는 순간, 더 이상 실망하거나 상처받지 않게 된다.

또한, 성숙함은 다른 사람의 행복에 책임이 없다는 사실을 인지하는 것이다. 우리는 자주 사랑하는 사람들의 행복을 위해 무엇이든 할 수 있을 것처럼 느낀다. 그러나 각자의 행복은 각자가 책임져야 할 몫이다.

내가 아무리 노력해도 상대가 불행하다면, 그것은 나의 책임이 아니다. 이 사실을 깨닫는 순간, 비로소 진정한 의미에서의 자유를 느낄 수 있다.

마지막으로, 성숙함은 고통을 받아들이고, 그 고통으로 인해 더 강해지는 과정에서 완성된다. 인생은 크고 작은 고통의 연속이다. 그러나 그 고통 앞에 무너지기보다, 그것을 통해 더 단단해지는 것이 성숙함이다. 고통은 피할 수 없지만, 그로 인해 성장할 수는 있다. 성숙한 사람은 고통을 회피하지 않고, 그 속에서 배움을 찾는다.

성숙함이란 어느 날 갑자기 찾아오는 것이 아니다. 삶을 살아가며 하나씩 깨달아가는 과정이다. 거짓말을 들었을 때 미소 지을 수 있고, 관계보다 자신의 정신 건강을 우선시하며, 누구에게도 자신을 선택하라고 요구하지 않는 것.

또, 아무도 나에게 빚진 것이 없다는 사실을 받아들이고, 다른 사람의 행복에 책임지지 않으며, 고통 속에서 더 강해질 때, 우리는 비로소 성숙함에 가까워진다. 성숙함은 거창한 것이 아니다. 일상 속 작은 깨달음들이 모여 나를 조금 더 단단하게 만드는 과정일 뿐이다.

그 사람의 본성을 알아차리는 방법

　예전에 가까이 지냈던 한 사람이 있었다. 처음 만났을 때, 그 사람은 누구보다 친절하고 다정하게 다가왔다. 나도 자연스럽게 마음을 열었고, 그를 위해 여러 가지로 신경을 썼다.

　좋은 말을 건네고, 작은 배려도 아끼지 않았다. 그런데 시간이 지나면서 그 사람의 태도는 서서히 변해갔다. 내가 더 많이 베풀고 잘해줄수록, 그는 점점 당연하다는 듯이 받아들이기 시작했다.

　어느 순간, 그가 나를 대하는 태도에서 미묘한 변화가 느껴졌다. 더 이상 고맙다는 말도, 미소도 찾아보기 어려웠다. 그제야 깨달았다. 내가 그 사람의 본성을 제대로 알게 되었다는 것을.

 상대방의 본성을 알아차리기란 쉬운 일이 아니다. 사람들은 처음에는 누구나 좋은 모습을 보이려 한다.

 그 속마음을 숨기고 친절한 태도를 유지하는 것이 보통이다. 하지만 상대방이 진정 어떤 사람인지 알고 싶다면, 그저 잘해주기만 하면 된다. 더 많이 베풀고, 더 친절하게 대하며 그가 어떻게 반응하는지 지켜보라. 그러면 그 사람의 진짜 모습이 서서히 드러나기 시작할 것이다.

 사람들은 대개 잘해주는 이에게 감사함을 느끼고, 더 좋은 관계를 유지하기 위해 노력한다. 그러나 어떤 사람들은 그 친절함을 당연시하며 오히려 더 많은 것을 요구하기 시작한다. 감사를 잊고, 배려에 응답하지 않으며, 점점 더 이기적인 모습을 보이게 된다.

 그 순간, 그 사람의 본성이 보이기 시작하는 것이다. 그가 정말로 어떤 사람인지, 그의 마음속에 무엇이 있는지 드러나는 순간이다.

 상대방이 베풀어주는 것을 당연하게 여기고, 자신의 요구만을 내세운다면, 그 사람은 자신의 이익만을 중시하는 사람일 가능성이 크다.

반면, 진정으로 고마워하며 그 고마움을 표현할 줄 아는 사람이라면, 그는 신뢰할 만한 사람이다.

이처럼 상대의 본성을 알아보는 방법은 그렇게 복잡하지 않다. 그저 잘해주고, 그 후에 그의 태도를 지켜보면 된다.

상대방의 본성을 알아차리는 과정은 종종 우리의 마음을 아프게할 수 있다. 우리가 믿고 의지했던 사람이 사실은 그렇지 않았다는 사실을 깨닫는 순간, 실망감이 찾아오기 마련이다. 하지만 이러한 깨달음은 필연적이다. 사람의 본성을 알지 못한 채 관계를 유지하는 것은, 결국 더 큰 상처를 남기게 된다.

상대의 진정한 모습을 알아야만, 내가 그 관계를 어떻게 다루어야 할지, 나아가야 할 방향을 정할 수 있기 때문이다.

이 과정을 겪으면서 우리는 배운다. 상대방이 어떤 사람인지 진정으로 알게 되었을 때, 그 관계를 지속할 것인지, 아니면 거리를 둘 것인지 판단할 수 있는 힘을 얻게 된다.

때로는 잘해줬음에도 불구하고 돌아오는 반응이 기대와 다를 때, 우리는 실망하기도 하지만, 그 실망 속에서 중요한 진실을 발견하게 된다.

삶에서 만나는 사람들 중에는 우리의 선의를 당연히 여기며, 더 많은 것을 얻으려는 사람들도 있다. 그럴 때마다 우리는 한 발 물러서서 그 관계를 다시 생각해볼 필요가 있다. 그 사람이 나의 친절함에 어떻게 반응하는지를 보며, 그가 진정 어떤 사람인지 깨닫게 된다. 그 사람이 보여주는 태도는, 곧 그가 어떤 사람인지를 말해주는 거울과 같다.

결국, 사람의 본성은 그가 어떻게 대우받을 때 나타나는지에 달려 있다. 우리는 그 본성을 알아차리기 위해, 더 많은 노력을 기울일 필요가 없다. 그냥 잘해주고, 그 후에 그가 어떻게 행동하는지를 지켜보면 된다. 그것만으로도 충분하다. 사람의 본성은 그렇게 드러나는 법이다.

마지막으로, 상대방의 본성을 알아차리는 것은 우리 자신을 보호하는 데 중요하다.

우리가 상대의 진짜 모습을 알게 되면, 그에 따라 우리도 더 현명한 선택을 할 수 있다. 관계를 유지할지, 아니면 새로운 길을 찾을지 결정할 수 있는 힘을 얻게 된다. 이런 깨달음이 때로는 아플 수 있지만, 결국 우리를 더 나은 곳으로 인도해줄 것이다.

오락가락하는 감정기복 극복하는 방법

아무 이유 없이 기분이 오락가락할 때가 있다. 어제는 모든 게 완벽해 보였지만, 오늘은 그저 답답하고 우울할 뿐이다.

이럴 때면 나만 이런 기분을 느끼는 걸까 싶어 혼자서 더 깊은 감정의 소용돌이에 빠져들기 쉽다. 그러나 감정기복은 누구에게나 있는 자연스러운 현상이다. 중요한 건, 이 기복을 어떻게 다스리느냐에 달려 있다.

먼저, 자신의 감정을 정확히 정의하는 것이 필요하다. 감정이 얽혀 있을 때, 그저 막연히 불편하다고 느끼기보다는 '나는 지금 화가 난다', '슬프다', '외롭다'처럼 구체적인 이름을 붙여보자.

 감정에 이름을 붙이는 순간, 마음은 조금 더 차분해진다. 자신이 무엇을 느끼고 있는지 아는 것만으로도 감정에 휩쓸리지 않을 힘을 얻을 수 있다.

 혼란스러운 감정에 사로잡혔을 때는 잠시 혼자만의 시간을 가져보자. 고요한 시간은 마음을 정리하는 데 큰 도움이 된다. 누구와도 말하지 않고, 오롯이 혼자 있는 시간을 통해 복잡한 생각들이 정리되고 감정도 서서히 가라앉는다.
 어쩌면 짧은 산책이나 조용한 방에서의 명상이 감정의 파도를 잔잔하게 만들어줄 것이다.

 부정적인 감정은 한 번에 사라지지 않는다. 이를 소화할 수 있는 나만의 방법을 찾아야 한다. 글을 쓰거나, 좋아하는 음악을 들으며 감정을 해소해보자. 아니면, 산책을 하며 자연 속에서 마음을 다독이는 것도 좋다.

 무엇이든 좋으니, 자신에게 맞는 방법을 꾸준히 실천하는 것이 중요하다. 이 작은 습관들이 쌓여 감정의 균형을 되찾는 데 큰 역할을 한다.

머릿속에서만 계속 고민하지 말고, 몸을 부지런히 움직여보자. 신체 활동은 과도한 생각을 줄이고, 감정의 균형을 회복하는 데 놀라운 효과가 있다.

몸을 움직이며 땀을 흘리다 보면, 답답했던 마음이 어느새 가벼워지고, 복잡했던 생각들도 한결 정리된다.

감정이 극단으로 치달을 때는 상황을 과장해서 생각하는 경향이 있다. 사소한 문제가 마치 세상의 끝인 것처럼 느껴질 때도 있다. 이럴 때는 잠시 멈추고, 지금의 상황을 냉정하게 바라보는 연습이 필요하다.

문제를 있는 그대로 받아들이고, 불필요하게 부풀리지 않도록 주의하자. 이 습관만으로도 감정의 폭풍우를 피할 수 있다.

기분이 가라앉을 때는 긍정적인 기억을 떠올려보자. 행복했던 순간을 되새기며 현재의 어두운 감정에서 벗어나 보자. 과거의 따뜻한 기억이 현재의 차가운 마음을 녹여줄 수 있다. 그때의 감정이 오늘의 나를 다시 일으켜 세우는 힘이 된다.

마지막으로, 지나치게 생각하지 않도록 주의하자. 과도한 분석과 고민은 감정의 기복을 오히려 심화시킬 수 있다. 때로는 단순하게 생각하고, 상황을 있는 그대로 받아들이는 것이 필요하다. 지나친 고민은 감정을 더 복잡하게 만들 뿐이다.

 감정기복은 피할 수 없는 삶의 일부다. 하지만 중요한 것은 그 감정을 어떻게 마주하고 다루느냐다. 우리는 감정의 파도 속에서 흔들릴 수 있다.

 그러나 그 흔들림이 우리를 완전히 무너뜨릴 수는 없다. 오히려 이 감정의 기복 속에서 우리는 더 깊이 자신을 이해하고, 내면의 강인함을 발견하게 된다.

삶은 늘 잔잔한 바다일 수 없다. 때로는 거친 파도가 몰아치기도 하고, 예기치 않은 폭풍이 휘몰아치기도 한다. 그러나 그 순간을 견디고 나면, 우리는 더 단단한 사람이 되어 있다.결국, 그 모든 감정의 흔적이 우리를 더 깊고 넓은 존재로 성장시키는 밑거름이 된다.

 오늘 겪는 이 흔들림도, 내일의 나를 위한 중요한 발판이 될 것이다. 그러니 자신을 너무 몰아세우지 말자.

감정의 기복 속에서도 자신을 믿고, 한 걸음씩 나아가다 보면, 언젠가 그 모든 순간이 나를 더 강하고 아름답게 만들었음을 깨닫게 될 것이다. 우리는 그저, 있는 그대로의 자신을 사랑하며 그 순간들을 지나가면 된다.

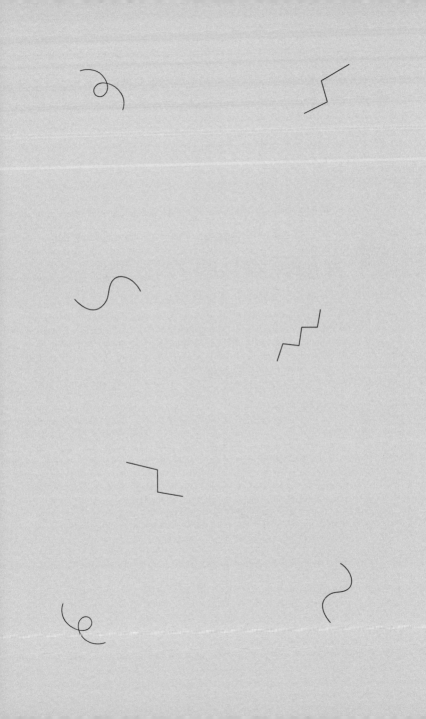

제4장
세상으로부터 나를 지키는 방법

박용남

내면의 이야기로 스스로를 치유하도록 돕는다. 마음을 읽고, 글로 소통한다.

인스타 : @parky0ngnam
스레드 : parky0ngnam

당장 멀리 해야 할 5가지 유형

모두 한 번쯤은 겪어봤을 것이다. 친구라고 믿었던 사람이 어느 날 갑자기 달라진 모습을 보일 때, 그 충격은 꽤 크다. 분명 같은 자리에서 웃으며 대화를 나눴던 사람인데, 어느 순간부터는 그 사람과의 관계가 부담스러워진다.

무엇이 문제였을까? 이유는 간단하다. 우리의 에너지를 갉아먹는 사람들, 우리가 멀리해야 할 유형의 사람들 때문이다.

첫 번째, 에너지 뱀파이어

에너지를 뺏어가는 사람이 있다. 처음에는 그저 고민이 많아서 나에게 털어놓는 것처럼 보였을 것이다. 하지만 시간이 지날수록 그 사람은 내게서 에너지를 빼앗아가고, 나는 점점 지쳐간다.

그 사람은 감정 쓰레기통처럼 나를 이용하면서도, 정작 내가 힘들 때는 도움을 주지 않는다.

경제적으로도 착취를 일삼으며 나를 자신의 이익에만 초점을 맞춘다. 이런 사람과의 관계는 시간이 지날수록 나를 더욱 피폐하게 만든다. 결국, 그 사람과의 관계를 유지하려 할수록 나는 점점 더 에너지를 잃게 된다.

두 번째, 질투가 너무 심한 사람

이런 유형의 사람은 내가 조금이라도 잘되면 눈에 띄게 질투심을 드러낸다. 내 성공을 축하해주는 척하지만, 속으로는 나를 깎아내리려 한다.

뒷담화를 통해 악의적인 소문을 퍼트리며, 나를 불편하게 만들려 한다. 이런 사람과 가까이 있으면, 내가 아무리 노력해도 그 사람의 질투심은 줄어들지 않는다.

오히려 더 심해질 뿐이다. 이런 사람과의 관계는 결국 내 자존감을 깎아내리고, 내 성장을 방해한다.

세 번째, 지나치게 계산하는 사람

처음에는 친절하게 다가오는 사람이 있다. 하지만 시간이 지나면 그 사람의 진짜 모습을 알게 된다. 그 사람은 나에게서 이익을 취할 수 있을 때만 친절을 베푼다.

조금이라도 이익이 없으면 금세 태도가 변한다. 그 사람과의 관계는 언제나 이익이 기준이 된다. 내가 그 사람에게 더 이상 이익이 되지 않으면, 그는 나를 필요 이상으로 냉정하게 대할 것이다. 이런 관계는 진정한 우정이나 사랑이 아니라, 계산된 거래에 불과하다.

네 번째, 통제하려는 사람

그 사람은 겉으로는 내게 관심을 보이지만, 사실은 나를 조종하고 통제하려 든다. 그 사람의 요구를 따르지 않으면 관계는 곧바로 악화된다.

나를 자꾸만 자신의 기준에 맞추려 하고, 내 생각이나 감정은 무시한다. 처음에는 그 사람의 의견을 따라주는 게 쉽다고 생각할 수도 있다. 하지만 시간이 지날수록, 나는 그 사람의 통제에 갇히게 된다.

내 자율성은 점점 사라지고, 결국 나는 그 사람의 꼭두각시가 되어버린다.

다섯 번째, 피해자 코스프레

언제나 자신이 피해자라고 주장하는 사람이 있다. 이런 사람은 자신의 잘못을 절대 인정하지 않는다. 항상 자신을 불쌍하게 만들며, 다른 사람들의 동정을 얻으려 한다.

하지만 실제로는 그 사람은 상황을 완벽하게 이해하고, 뒤에서 모든 흐름을 조종하고 있다. 나를 감정적으로 착취하려 하고, 내가 아무리 그 사람을 도와주려 해도 그 사람은 더 큰 갈등을 일으키며 자신을 피해자로 만들려 한다. 이런 관계는 결국 내가 지쳐 떨어져 나가게 만든다.

우리가 살아가면서 만나는 사람들 중에는, 이렇게 우리의 에너지를 소모시키고, 우리의 성장을 방해하는 이들이 있다.

이들을 멀리하는 것은 결코 이기적인 행동이 아니다. 오히려 나 자신을 보호하고, 더 나은 삶을 살아가기 위한 필수적인 선택이다.

때로는 나를 위해, 그리고 나의 소중한 에너지를 지키기 위해 그들을 멀리하는 용기가 필요하다. 내 인생의 주인공은 바로 나 자신임을 기억하자. 그 누구도 나의 삶을 갉아먹도록 허락해서는 안 된다.

논쟁에서 평화를 찾는 법

친구나 가족과 사소한 주제로 이야기를 나누다가, 어느새 논쟁으로 번지고, 결국엔 서로 감정이 상해버린 기억은 누구에게나 있을 흔한 일이다.

그 순간, 내가 옳다는 것을 입증하려고 애썼지만, 끝난 뒤에는 씁쓸함만이 남았다. 아무리 사소한 논쟁이라도, 우리에게 남는 건 때로 상처뿐이다. 그렇다면, 어떻게 해야 이런 상황을 피하고, 서로를 존중하며 논쟁을 이끌어갈 수 있을까?

첫째, 논쟁에서 가장 중요한 것은 평화를 목표로 삼는 것이다. 이기는 것이 목적이 아니다. 상대의 의견이 나와 다를 수 있다는 점을 인정하고, 그 사람을 존중하는 태도가 무엇보나 중요하다.

논쟁은 상대를 누르기 위한 도구가 아니라, 서로의 생각을 교환하고 이해를 넓히기 위한 과정이라는 것을 잊지 말아야 한다.

둘째, 논쟁에 들어가기 전에 논리의 기본을 익혀두는 것 이 유리하다. 연역이나 귀납 같은 논리 원칙을 알고 있으면, 논쟁의 흐름을 이해하고 올바른 방향으로 대처할 수 있다. 논리적 사고는 논쟁을 단순히 감정 싸움으로 만들지 않고, 이성적으로 접근할 수 있게 해준다. 논리적인 접근은 상대방과의 대화를 더 깊이 있게 만들고, 서로를 이해하는 데 도움을 준다.

셋째, 논쟁이 진행되는 동안 공통점을 찾아보는 것이 중요하다. 의견이 충돌하는 부분이 있다면, 먼저 서로 동의할 수 있는 부분을 찾아보자.

이렇게 하면 신뢰가 쌓이고, 더 깊은 논의로 이어질 수 있다. 또한, 논쟁의 초점을 더 명확하게 설정할 수 있어, 불필요한 감정적 대립을 줄이는 데 큰 도움이 된다.

넷째, 논쟁에서는 타협할 마음의 준비가 필요하다. 모든 논쟁이 승자와 패자를 나눌 필요는 없다. 때로는 양쪽 모두에게 도움이 되는 해결책을 찾는 것이 더 나은 결말일 수 있다.

상대방의 입장을 이해하고, 내가 양보할 수 있는 부분을 찾는 것은 논쟁을 평화롭게 마무리하는 좋은 방법이다. 이 과정에서 타협은 결코 패배가 아닌, 더 나은 해결책을 찾기 위한 지혜로운 선택이다.

마지막으로, 논쟁에서 가장 중요한 것은 자신을 지키는 것이다. 아무리 논리가 강해도, 상대방을 상처 입히거나, 자신이 상처받는다면 그 논쟁은 실패한 것이다. 논쟁은 결국 생각을 나누고, 서로를 이해하는 과정이다. 감정이 격해질 때마다 스스로에게 질문해 보자.

이 논쟁이 정말로 필요한가? 이기는 것이 정말로 중요한가? 만약 그렇지 않다면, 그 순간 멈추는 것도 큰 용기다.

논쟁은 피할 수 없는 상황일지 모른다. 하지만 그 속에서 우리가 추구해야 할 것은 서로의 생각을 존중하며 평화를 지키는 것이다.

그렇게 할 때, 논쟁은 더 이상 상처로 남지 않고, 서로를 이해하는 다리가 될 수 있다. 오늘부터는 이 다섯 가지 방법을 기억하며, 논쟁의 순간에도 평화를 지키는 길을 선택해보자.

신뢰할 수 없는 사람들을 구별하는 법

인간관계는 평생 갈 고민이라지만 특히 한국에서는 직장, 학교에서 친한 친구나 동료가 농담을 가장해 나를 모욕한 적 때문에 적지 않게 고민을 가진 독자님이 계실 것이다.

이런 상황에서 처음엔 웃어넘겼지만, 시간이 지날수록 그 말이 마음에 걸렸다. 혹시 진심이었을까?

내 마음속에 남은 불편함은 그저 농담으로 치부하기엔 너무 컸다. 이렇게 일상 속에서 겪는 작은 일들이 우리에게 누가 신뢰할 만한 사람인지, 아니면 조심해야 할 사람인지에 대한 중요한 신호를 준다.

 신뢰할 수 없는 사람들을 구별하는 첫 번째 유형은 농담으로 모욕을 위장하는 사람이다. 이들은 유머를 이용해 부정적인 감정을 숨기며, 직접적으로 공격하지 않으면서도 상대방에게 상처를 준다.

 그들의 농담 속에는 진짜 의도가 숨어 있고, 그로 인해 우리는 그들과의 관계에서 끊임없이 불편함을 느끼게 된다.

 두 번째 유형은 책임을 절대 지지 않는 사람이다. 이들은 잘못이 있어도 결코 인정하지 않으며, 항상 다른 사람에게 책임을 돌리려 한다.

 자신이 저지른 실수조차 타인에게 전가하기면서, 주변 사람들을 불안하게 만들고, 신뢰를 무너뜨린다.

 세 번째 유형은 말과 행동이 일치하지 않는 사람이다. 이들은 당신을 위해 최선을 다한다고 말하지만, 실제 행동은 그와는 정반대다.

 그들의 진짜 의도는 말과 행동 사이의 간극에서 드러나며, 우리는 그들이 진심으로 나를 위하는지 의심하게 된다.

네 번째로, 걱정하는 척하며 의심의 씨앗을 심는 사람이 있다. 이들은 마치 나를 걱정하는 것처럼 보이지만, 실제로는 나를 조종하고 내 판단을 흐리게 만든다.

그들은 나의 불안을 자극해 자신의 뜻대로 움직이게 하려는 의도를 숨기고 있다.

다섯 번째로는 항상 변명으로 일관하는 사람이다. 이들은 자신의 행동으로 인해 나에게 피해를 줬을 때조차도 그 책임을 인정하지 않고 변명을 늘어놓는다.

그들의 끊임없는 변명은 결국 나의 성공을 방해하게 되고, 그들과의 관계에서 나는 계속해서 실망하게 된다.

마지막으로, 말과 행동이 일치하지 않는 사람을 신뢰하기 어렵다. 이들은 그럴싸한 말을 하지만, 실제 행동은 그와 전혀 다르다. 이러한 불일치는 그들이 얼마나 기만적인지를 보여주는 명확한 신호이다.

이 여섯 가지 유형의 사람들은 겉으로는 평범해 보일 수 있지만,

그들의 행동과 말 속에는 신뢰할 수 없는 요소들이 숨이 있다.

우리는 일상 속에서 이들을 구별하고, 그들과의 관계에서 자신을 지키는 방법을 배워야 한다. 주변 사람들의 행동을 면밀히 관찰하고, 그들의 말과 행동이 일치하는지, 진심을 담고 있는지 주의 깊게 살펴보자.

그렇게 함으로써 우리는 더 건강하고 신뢰할 수 있는 관계를 만들어 갈 수 있을 것이다.

똑똑한 사람이 비판을 대처하는 방법

프로젝트를 마친 후, 상사에게서 피드백을 받은 적이 있을 것이다. 성과를 인정받을 것이라는 기대와 달리, 몇 가지 개선이 필요하다는 말을 들었을 때 느껴지는 실망감과 불안.

이 순간, 우리는 방어적으로 반응하거나, 비판을 회피하려는 충동을 느끼곤 한다. 하지만 똑똑한 사람은 이 순간을 다르게 대처한다. 그들은 비판을 받아들이고, 이를 성장의 기회로 삼는다.

첫째, 방어적인 반응을 피한다. 비판을 받을 때 즉각적인 반박보다는 그 내용을 차분하게 바라보는 것이 중요하다.

감정적으로 반응하기보다는, 한 걸음 물러서서 비판의 의도를 이해하려고 노력한다.

방어적인 태도는 상황을 악화시키기 쉽기 때문에, 차분한 마음으로 상대방의 의견을 받아들이는 것이 필요하다.

둘째, 회피 성향을 금지한다. 비판은 때로 불편하지만, 건강한 관계를 위해 필요한 요소 중 하나다. 피할 수 없는 비판을 무조건적으로 피하려 하지 말고, 그 속에서 얻을 수 있는 교훈을 찾으려고 한다.

비판은 우리의 약점을 보완하고, 더 나은 방향으로 나아가게 하는 중요한 도구가 될 수 있다.

셋째, 명확한 이해를 구한다. 비판의 내용이 모호하거나 명확하지 않다면, 피드백을 준 사람에게 추가 설명을 요청한다.

비판을 제대로 이해하는 것은 이를 수용하고 발전하는 데 필수적이다. 이 과정에서 우리는 상대방의 의도를 오해하지 않고, 보다 정확하게 자신을 개선할 수 있는 기회를 얻는다.

넷째, 과거의 성공을 기억한다. 비판으로 인해 자존감이 흔들릴 때는, 과거의 성공 경험을 떠올리며 자신감을 회복한다.

우리는 이미 많은 어려움을 극복해왔고, 그 경험들이 현재의 나를 만들었다. 이러한 기억은 비판 앞에서 흔들리지 않고, 더욱 단단해질 수 있는 힘이 된다.

다섯째, 비판을 공격으로 받아들이지 않는다. 비판은 종종 우리의 행동이나 성과에 대한 의견일 뿐, 우리 자체를 부정하는 것은 아니다. 비판을 개인적인 공격으로 받아들이면 감정적으로 대응하기 쉬워진다. 대신, 그것을 자신의 성장과 발전을 위한 피드백으로 받아들이자.

이 다섯 가지 방법은 비판을 건설적으로 받아들이고, 그 속에서 배우고 성장할 수 있게 한다. 비판을 받아들이는 자세는 우리의 성숙함과 지혜를 보여주는 중요한 지표다.

비판은 우리를 더 나은 방향으로 이끌 수 있는 힘이 있으며, 그것을 올바르게 수용할 때, 우리는 더욱 강해지고 지혜로워진다.

우리가 비판을 어떻게 받아들이느냐에 따라, 우리의 미래는 달라질 수 있다. 비판 속에서 기회를 찾고, 이를 자신의 것으로 만들어 가자.

당신을 조종하려는
사람에게 대처하는 방법

직장에서나 개인적인 관계에서, 누군가가 나를 조종하려 한다는 느낌을 받은 적이 있을 것이다.

예를 들어, 중요한 결정을 앞두고 상대방이 마치 나를 위해 최선을 다하는 척하면서, 실제로는 나에게 불리한 선택을 하도록 유도했던 경험.

처음엔 그들의 말을 신뢰했지만, 시간이 지나면서 그 의도가 순수하지 않다는 것을 깨달았을 때의 당혹감. 이처럼, 우리는 때때로 누군가가 우리의 의지와 결정을 조종하려고 할 때 혼란스러움을 느낀다.

이 글에서는 그런 조종 시도에 효과적으로 대처하는 방법을 제시한다.

첫째, 역가스라이팅을 활용하라. 상대방이 나를 혼란스럽게 하려는 의도를 파악했을 때, 그들의 기억이나 현실 인식을 의심하게 만들어 반격할 수 있다.

예를 들어, 상대방이 사실을 왜곡하려고 할 때, 그들이 잘못 기억하고 있다고 암시함으로써 자신감을 약화시키고 논리를 약화시킬 수 있다. 이 방법은 상대방이 혼란을 유도할 때 효과적으로 그들을 되돌려놓는 전략이다.

둘째, 허수아비 논법을 사용하라. 상대방의 주장을 왜곡하거나 단순화하여 쉽게 공격할 수 있는 형태로 만든다. 이 방법을 통해 상대방이 실제로 말하지 않은 주장을 마치 그들이 주장한 것처럼 보이게 하여 그 허점을 공격할 수 있다. 이로 인해 상대방의 논리가 약해지며, 논쟁의 주도권을 잡을 수 있다.

셋째, 감정적 자극을 활용하라. 상대방이 죄책감이나 두려움을 느끼도록 유도하여 원하는 결과를 얻어내는 기법이다.

예를 들어, 상대방이 나의 감정을 고려하지 않았다고 비난함으로써 그들을 방어적으로 만들고 논쟁을 내 편으로 돌릴 수 있다. 감정적인 자극은 상대방을 불안하게 만들고, 그들의 판단을 흐리게 하는 데 효과적이다.

넷째, 수치심 유발 및 모욕을 통해 상대방의 자신감을 떨어뜨리라. 상대방을 수치스럽게 하거나 모욕함으로써 그들이 논쟁에서 적극적으로 자신의 입장을 방어하지 못하게 만드는 방법이다.
이 전략을 통해 상대방은 자신감을 잃고, 더 이상 논쟁에서 유리한 위치에 설 수 없게 된다.

이러한 방법들은 당신을 조종하려는 사람들에게 효과적으로 대처하는 데 도움이 된다. 조종하려는 사람들은 항상 자신의 이익을 위해 타인을 이용하려 한다.

그러나 이러한 전략들을 통해 그들의 시도에 맞서고, 자신을 지킬 수 있는 방법을 터득할 수 있다.

이 글이 당신이 조종에 맞서 자신을 지키고, 더 나은 결정을 내리는 데 도움이 되기를 바란다. 우리 주변에는 항상 자신을 위한 결정을 해야 하는 순간들이 있다. 그런 순간들마다, 당신의 의지와 판단을 존중하며 흔들리지 않기를 바란다.

악영향을 주는 사람에게
흔들리지 않는 법

한 번쯤은 주변에 부정적인 에너지를 뿜어내며, 나에게 스트레스를 주는 사람을 만난 적이 있을 것이다.

회사에서 상사나 동료가 끊임없이 무리한 요구를 하거나, 친구가 나의 한계를 넘어서는 부탁을 할 때, 우리는 어떻게 대처해야 할지 고민하게 된다.

때로는 그들의 요구를 들어주면서도 마음속 깊은 곳에서 불편함과 불만이 쌓여가는 것을 느끼게 된다. 이런 상황에서, 우리는 어떻게 해야 흔들리지 않고 자신을 지킬 수 있을까?

첫 번째로, "아니요"라고 말할 줄 알아야 한다. 부정적인 영향력을 행사하려는 사람에게서 자신을 보호하는 첫걸음은, 필요할 때 단호하게 거절하는 것이다. "아니요"라는 말을 하는 것이 때로는 어려울 수 있지만, 반드시 단호하고 딱딱할 필요는 없다.

예를 들어, "지금은 도와드릴 수 없어요"라고 한층 부드럽게 말할 수 있다. 이는 거절의 의사를 분명히 하면서도 관계를 유지하는 데 도움이 된다.

두 번째로, 톤을 낮춰서 말하는 것이 중요하다. 대화 중에 강조하고 싶은 부분이 있을 때는 잠시 멈추고, 톤의 높낮이와 강약 조절을 통해 메시지를 효과적으로 전달할 수 있다. 이러한 말스킬은 상대방에게 강한 인상을 주며, 당신이 상황을 잘 통제하고 있다는 인식을 심어준다.

특히 갈등 상황에서 톤을 낮추고 차분하게 말하는 것은 상대방의 공격을 효과적으로 무력화시키는 방법이 될 수 있다.

세 번째로, 긴장되는 상황에서도 눈을 피하지 말라. 갈등 중에도 눈을 마주치는 것은 자신감을 보여준다. 꾸준히 눈을 마주치는 것은 상대방에게 당신이 두렵지 않다는 신호를 보낸다.

눈을 피하지 않고 상대방을 똑바로 바라보는 것은, 당신이 상황을 장악하고 있으며, 그들의 부정적인 영향력에 휘둘리지 않는다는 것을 나타낸다.

네 번째로, 차분하고 침착함을 유지하는 것이 필요하다. 상황이 어려울수록 차분하게 대응하는 것이 중요하다. 침착하게 공격에 대응하는 것은 당신의 강함을 보여주며, 당신이 상황을 통제하고 있음을 나타낸다.

상대방이 당신을 흔들려고 할 때, 오히려 그들의 시도에 침착하게 맞서는 것이 진정한 힘을 보여주는 방법이다.

이 네 가지 방법은 당신이 부정적인 사람들로부터 자신을 지키고, 흔들리지 않도록 돕는다. 세상은 항상 우리를 시험하려는 사람들로 가득하다. 그들의 말과 행동에 휘둘리지 않기 위해서는, 자신만의 원칙과 강함을 지키는 것이 필요하다.

중요한 것은, 당신이 상황의 주도권을 가지고 있으며, 스스로를 보호할 힘을 가지고 있다는 사실을 잊지 않는 것이다.

상대의 마음을 얻고
원하는 것을 얻는 방법

 어느 날, 동생과 대화를 나누던 중에 있었던 일이다. 동생은 자신이 좋아하는 사람에게 어떻게 다가가야 할지 고민하고 있었다. 그 순간, 나도 한때 비슷한 고민을 했던 기억이 떠올랐다.

 아마 우리 모두는 살아가면서 한 번쯤은 상대의 마음을 얻고, 나아가 원하는 것을 이끌어내기 위해 노력했던 적이 있을 것이다.

 좋아하는 사람 앞에서 어색하게 굴었던 경험, 중요한 순간에 말문이 막혀버린 기억, 그리고 결국 원하는 반응을 얻지 못해 아쉬웠던 순간들 말이다.

이 글은 그런 순간들을 보다 잘 대처하고, 상대의 마음을 움직일 수 있는 방법을 제안하고자 한다.

1. 목소리 톤의 중요성

사람의 목소리는 그 자체로 강력한 도구다. 연구에 따르면, 여성이 이성을 유혹할 때 목소리 톤이 자연스럽게 높아지는 경향이 있다고 한다. 이는 무의식적으로 상대에게 매력적으로 보이기 위한 본능적인 반응이다. 목소리 톤을 조금 높여 부드럽고 따뜻하게 말하는 것은 상대에게 친근감을 주고, 그들의 관심을 끌기에 충분하다.

 이 방법은 비단 여성에게만 국한되지 않는다. 누구든 목소리 톤에 변화를 주어 대화를 부드럽게 이끌어가면 상대의 마음을 열 수 있다.

2. 감정을 더 강하게 전달하는 방법

 동생에게 이야기했듯이, 중요한 이야기를 할 때는 감정적인 순간을 잘 선택해야 한다. 특히 애정 표현을 할 때는 상대의 왼쪽 귀에 속삭여보자.

연구에 따르면, 왼쪽 귀로 전달된 메시지가 더 감정적으로 깊이 각인된다고 한다. 이는 뇌의 구조적인 특징 때문인데, 감정 처리를 담당하는 부분이 왼쪽 귀로 들어오는 정보를 더 강하게 받아들이기 때문이다.

중요한 이야기를 전달할 때 이 방법을 사용하면, 상대에게 당신의 진심이 더 깊게 와 닿을 것이다.

3. 상대의 호감을 알아보는 방법

상대가 나를 좋아하는지 알아보는 것은 늘 쉽지 않다. 하지만 그들의 반응을 통해 힌트를 얻을 수 있다. 간단한 농담이나 유머로 상대의 반응을 살펴보자. 상대가 쉽게 미소를 짓거나 웃는다면, 이는 그들이 당신에게 호감을 느끼고 있을 가능성이 높다는 신호다.

반면, 무표정하거나 웃지 않는다면 아직 마음이 열리지 않은 상태일 수도 있다. 이를 통해 상대의 마음을 읽어내고, 어떻게 다가가야 할지 더 잘 판단할 수 있을 것이다.

4. 기분이 좋은 순간을 활용하라

중요한 이야기를 전할 때는 상대방이 기분이 좋을 때를 노리는 것
이 좋다. 기분이 좋은 상태에서는 긍정적인 감정이 강하게 작용하
므로, 당신의 말이 더 깊이 각인될 가능성이 크다.

 예를 들어, 기분 좋은 하루를 마치고 여유롭게 대화를 나누는 순
간을 잡아보자. 이때 당신의 제안이나 부탁을 하면, 상대방은 더 열
린 마음으로 받아들일 것이다.

 우리는 누구나 상대의 마음을 얻고, 원하는 것을 이끌어내고 싶어
한다. 그 과정에서 중요한 것은 상대의 반응을 읽고, 그들의 감정
에 맞추어 적절한 방법을 사용하는 것이다.

 목소리 톤을 조절하고, 왼쪽 귀에 속삭이며, 농담으로 호감을 확
인하고, 기분 좋은 순간을 활용하는 것. 이 네 가지 방법을 잘 활
용하면, 상대방과의 관계를 보다 긍정적으로 이끌어갈 수 있을 것
이다. 동생이 이러한 방법을 잘 사용하여 좋아하는 사람과 더 가
까워지길 바란다.

사소한 것에도
지나치게 웃는 사람의 속마음

모두가 함께 있는 자리에서, 친구가 자꾸만 웃음을 터뜨리던 기억이 있을 것이다. 작은 농담에도 과하게 반응하며 계속 웃음을 멈추지 않는 그 친구를 보며, 나는 속으로 생각했다.

"왜 저렇게 웃을까?" 그 웃음이 순수한 즐거움에서 비롯된 것일까, 아니면 그 뒤에 감추어진 무언가가 있을까?

사소한 것에도 지나치게 웃는 사람은 종종 외로움을 감추려는 경우가 많다. 그들은 겉으로는 긍정적이고 밝은 모습을 보이기 위해 웃음을 무기로 삼지만, 그 속에는 깊은 외로움이 자리 잡고 있을 가능성이 크다.

웃음은 그들이 내면의 고통을 감추기 위해 사용하는 방어 기제일 수 있다. 이러한 과도한 웃음은 그들의 진짜 감정을 드러내지 않기 위한 방편일 수 있으며, 이러한 행동은 종종 그들의 내면적 갈등을 감지할 수 있는 중요한 신호가 되기도 한다.

이런 경우, 그들의 웃음 뒤에 숨겨진 외로움을 이해하는 것이 중요하다. 외로움은 사람들을 사회적으로 바람직한 행동을 하도록 만드는 동기가 될 수 있다. 웃음은 이러한 고통을 감추기 위한 방어적인 반응일 수 있으며, 그들의 진짜 감정이 무엇인지에 대해 신중히 생각해 볼 필요가 있다.

주변에서 사소한 것에도 지나치게 웃는 사람을 만난다면, 그들의 진짜 감정에 다가가 보려는 노력이 필요하다.

그들의 웃음이 진정한 행복에서 나온 것인지, 아니면 외로움이나 불안감에서 비롯된 것인지 이해하려고 하는 것이 중요하다. 이러한 이해는 그들과 더 깊고 진정한 관계를 맺는 데 큰 도움이 될 수 있다.

결국, 우리는 그들의 웃음 속에 숨겨진 외로움을 이해하고, 그들과 진정한 공감을 나눌 수 있어야 한다. 이는 단순한 웃음 이상의 의미를 가지고 있으며, 그들의 진짜 감정을 알아차리는 것은 서로에게 큰 위안이 될 수 있다.

불안과 식사: 마음이 차려주는 밥상

어떤 날은 밥이 정말 잘 넘어간다. 아무 생각 없이 먹는데도 입안 가득 행복이 차오르는 느낌이 든다. 그런데, 또 어떤 날은 밥 한 숟가락조차 넘기기 힘들다.

뭘 먹어도 목이 메고, 입안에서 모래를 씹는 듯한 느낌이 들 때가 있다. 아마도 누구나 이런 날들을 겪어봤을 것이다.
스트레스에 짓눌려 한없이 먹어대는 날도 있었을 것이고, 마음의 문이 굳게 닫혀 식욕마저 잃어버린 날도 있었을 것이다.

사람의 마음이란 참 신기하다. 불안과 걱정이 머릿속을 가득 채우면, 그 불안이 고스란히 우리의 식탁에 내려앉는다.

어떤 사람은 음식에서 잠시나마 위안을 찾고 싶어 하고, 그래서 먹고 또 먹는다. 먹는 순간만큼은 마음속의 어지러운 생각들이 잠잠해지는 것 같아서, 아무리 배가 불러도 멈출 수가 없다.

하지만 그 과식이 끝나고 나면, 어김없이 후회와 자책이 몰려온다. '내가 왜 이렇게까지 먹었을까'라는 생각이 들어 마음이 더 무거워질 뿐이다.

반대로, 불안과 걱정이 너무 커서 아예 식욕이 사라지는 경우도 있다. 머릿속이 너무 복잡하고 마음이 너무 불편해 먹는 것 자체가 고역이 되는 것이다.

중요한 일이나 무거운 책임이 앞에 놓여있을 때, 그 부담감에 밥한 끼 제대로 넘기기 어려워지는 순간들이 있다. 그럴 때는 음식을 보기도 싫어지고, 억지로 몇 숟가락 삼켜보려 해도 목이 메는 것만 같다.

사실, 음식은 단순한 영양 공급 이상의 의미를 가지고 있다. 우리는 먹는 것으로 살아가지만, 동시에 마음도 달래곤 한다.

불안할 때 과식하거나, 반대로 식욕을 잃는 건 그 마음이 스스로를 지키기 위해 내는 작은 신호일지도 모른다. 지금 내가 느끼는 감정이 지나치게 무겁거나 버겁다는 것을, 그렇게 몸이 알려주고 있는 것이다.

이럴 때는 무조건 '잘 먹어야 한다'는 압박에서 벗어나, 우선은 나 자신을 이해하고 받아들이는 것이 필요하다.

불안감이 폭식으로 이어졌다면, 그 자체를 너무 자책하지 말자. 먹는 것으로 잠시나마 위안을 찾으려 했다는 사실을 인정하고, 그 다음에 더 나은 방법을 찾아보는 것이다. 불안감이 식욕을 앗아갔다면, 그 또한 자연스러운 반응임을 받아들여야 한다.

억지로 먹으려 하기보다는, 조금씩 천천히 내 몸이 받아들일 수 있는 만큼의 음식을 선택해보자.

마음이 불안할 때는 그 불안을 덜어낼 방법을 찾는 것이 가장 중요하다. 음식을 통한 위안이 아니라, 나를 진정으로 달래줄 방법들을 찾는 것이다.

따뜻한 차 한 잔, 산책, 명상, 혹은 좋아하는 사람과의 대화가 그 답이 될 수 있다. 내 마음이 힘들어할 때 나를 이해하고 위로해주는 것이야말로 진정한 회복의 시작이다.

우리 모두는 각자의 속도와 방식으로 삶을 살아간다. 그리고 때때로 우리의 마음이 그 속도에 맞추지 못하고 넘어질 때가 있다. 그럴 때는 우리의 몸이 보내는 신호를 잘 살펴보자.

그리고 그 신호를 통해 나 자신을 더 깊이 이해하고, 나에게 맞는 방법으로 마음을 다스려보자. 삶이 주는 무게를 견뎌내기 위해 우리는 가끔 흔들리지만, 그 흔들림 속에서 더 단단해질 수 있다.

잠 속에 숨겨진 감정들

어느 날 아침, 알람이 울렸는데도 다시 눈을 감아버린 적이 있을 것이다. 침대에서 일어날 힘이 도무지 생기지 않고, 온 세상이 이불 속에 숨어버린 것 같은 느낌이 들었다. 이런 날에는 그냥 계속 자고 싶다.

현실의 무게를 잠시라도 잊고 싶어서, 혹은 잠 속에서만이라도 편안함을 느끼고 싶어서 다시 눈을 감는다. 잠이 깊어질수록 어쩌면 현실과 더 멀어지고 있는지도 모른다는 생각이 들지만, 그래도 침대 밖으로 나가기가 두렵다.

많은 수면은 종종 우리가 감당하기 어려운 감정들의 표현일 수 있다.

슬픔이나 우울함은 사람을 지치게 만들고, 피곤함을 느끼게 한다. 하지만 그 피곤함은 단순히 몸의 피로에서 오는 것이 아니다.

마음이 지쳤을 때, 우리는 그 감정을 외면하려고 더 많이 자게 된다. 현실의 문제를 마주하기가 힘들 때, 잠은 잠시나마 그 모든 것을 잊게 해준다.

그러나 그 휴식은 완전한 해방이 아니다. 오히려 깊은 잠 속에서 우리는 무의식적으로 감정을 억누르려 하는지도 모른다.

어떤 사람들은 큰 슬픔을 겪고 나서, 자신도 모르게 잠에 빠져든다. 그 슬픔이 너무 커서 감당하기 어렵기 때문에, 그들은 무의식적으로 더 많이 자는 쪽을 택한다.

잠 속에서는 그 슬픔을 잊을 수 있을 것 같은 착각이 들기 때문이다. 하지만 그런 식으로 잠을 자고 일어난 후에도, 마음속 깊이 자리 잡은 그 감정은 여전히 그대로 남아 있다.

때로는 아무 이유 없이 잠이 많이 오는 날도 있다. 그저 피곤해서 그렇다고 생각할 수 있지만, 사실 그 뒤에는 우리가 깨닫지 못한 마음의 짐이 숨어 있다.

 일이 잘 풀리지 않거나, 인간관계에서 어려움을 겪거나, 미래에 대한 불안감이 자리 잡고 있을 때, 그 감정들이 억누르려는 노력의 일환으로 잠으로 나타나는 것이다.
 잠은 우리의 몸을 쉬게 하지만, 동시에 우리의 마음도 쉬게 한다고 믿고 싶어진다.

 그러나 잠을 많이 자는 것이 항상 문제 해결을 가져다주지는 않는다. 오히려 지나치게 많은 수면은 우리를 현실에서 더 멀어지게 하고, 문제를 직면하는 것을 더 어렵게 만든다.

 그럼에도 불구하고, 우리 모두는 때때로 그 잠 속에서 잠시나마 위안을 찾고 싶어 한다. 왜냐하면 잠이 우리가 당장 마주하기 어려운 현실로부터 벗어날 수 있는 가장 쉬운 방법이기 때문이다.

 이럴 때는 자신에게 솔직해져야 한다. 내가 왜 이렇게 많이 자고 있는지, 무엇이 나를 이토록 지치게 만들고 있는지 스스로에게 물어봐야 한다.

 때로는 그 질문이 무겁게 느껴질 수 있지만, 그 대답을 찾는 과정이야말로 진정한 회복의 시작이다. 감정적인 고통에서 벗어나기 위해 잠을 택하는 대신, 그 고통의 원인을 들여다보고 이해하려는 노력이 필요하다.

잠 속에 숨어 있는 감정들을 직시하는 것은 쉽지 않다. 그 감정들이 너무나 깊고 복잡해서, 마주하는 것 자체가 두렵게 느껴질 수 있다.

하지만 그 두려움을 넘어서는 것이야말로 우리의 마음을 진정으로 치유하는 길이다. 잠을 통해 감정을 억누르는 것은 일시적인 도피에 불과하다. 그보다는 그 감정들을 이해하고, 나 자신을 돌보는 것이 더 중요하다.

삶은 때때로 너무 무겁게 느껴질 수 있다. 그리고 그 무게에 짓눌려 잠 속으로 도망치고 싶을 때가 있다. 하지만 그럴 때일수록 우리는 잠에서 깨어나 현실을 직시해야 한다.

그 현실이 아무리 힘들고 무거워도, 그것을 외면하지 않고 받아들이는 용기를 가져야 한다.
잠은 우리의 몸을 쉬게 할 수 있지만, 우리의 마음을 진정으로 위로하는 것은 그 감정들을 이해하고 받아들이는 것에서 시작된다.

지금 이 순간에도 많은 이들이 자신도 모르게 잠 속으로 도피하고 있다. 그들의 마음이 얼마나 무거운지, 그 무게를 어떻게 해야 덜 수 있는지 우리는 알 수 없다.

그러나 중요한 것은, 그들이 그 무게를 인정하고, 그것을 덜어내기 위해 작은 한 걸음을 내딛는 것이다. 그 한 걸음이야말로 진정한 회복의 시작이다.

말이 적고 빠를 때,
숨겨진 마음의 이야기

 누군가와 대화를 나눌 때, 문득 그 사람이 평소보다 말이 적고, 말을 빠르게 내뱉는 것을 느낀 적이 있을 것이다. 마치 무엇인가를 숨기려는 듯, 서둘러 말하고 대화를 끝내려는 기색이 역력할 때가 있다.

 그럴 때 우리는 자연스레 그 사람에게 무언가 감추고 있는 것이 아닐까 하는 생각을 하게 된다. 이런 순간들은 대화의 흐름 속에서 분명하게 느껴진다.

 말이 적어지고, 빠르게 말하게 되는 순간은 보통 마음속에 무언가가 얽혀 있을 때 나타난다. 불안이나 긴장, 혹은 감추고 싶은 비밀이 있을 때, 사람들은 본능적으로 말의 속도를 높이고, 말의 양을 줄인다.

 말이 적다는 것은 말을 아끼고 있다는 의미이기도 하지만, 그 속도마저 빨라진다면, 그것은 자신을 보호하려는 무의식적인 방어일 가능성이 크다.

 어떤 사람들은 자신이 불편한 주제에 대해 이야기할 때 말을 아끼고, 짧게 끝내려 한다. 예를 들어, 과거의 실수나 후회스러운 사건에 대해 질문을 받았을 때, 대답이 간결하고 빠르게 끝나는 것을 느낄 수 있다. 그 순간 그들은 과거의 상처를 다시 들추고 싶지 않아 서둘러 대화를 마치려 한다. 이런 행동은 무의식적으로 자신을 보호하려는 시도일 수 있다.

 또 다른 경우로, 직장에서 상사가 갑작스러운 질문을 던졌을 때, 자신도 모르게 말을 빠르게 하고 대화를 피하려는 행동을 보일 수 있다.

 이 상황에서 그 사람은 실수를 지적당할까 두려워하거나, 답변에 자신이 없어 불안을 느낄 수 있다. 이때의 빠른 말은 그 불안을 감추려는 몸의 자연스러운 반응이다.

 말이 적고 빠르게 말하는 것은 단순히 말의 습관이나 스타일의 문제가 아니다. 그것은 마음 깊은 곳에 자리한 감정의 흔적일 수 있다.

 어떤 사람들은 감정적으로 힘들 때, 그 감정을 드러내지 않기 위해 말을 줄이고 서둘러 대화를 끝내려 한다. 그들에게는 말이 곧 그들의 방패인 셈이다. 말이 많아질수록 자신의 내면이 드러날 가능성이 커지기 때문에, 말을 아끼고 빨리 끝내려는 것이다.

 그러나 이렇게 말을 아끼고 빠르게 말하는 것은 그 사람의 마음속에 무언가가 자리 잡고 있음을 보여주는 중요한 신호일 수 있다. 그들은 자신의 감정을 숨기려 하지만, 오히려 그 행동이 자신이 감추고자 하는 것을 드러내는 역설적인 결과를 초래한다. 말이 적고 빠르다는 것은 그 사람에게 말하지 못한 무언가가 있다는 것을 의미할 수 있다.

 이런 상황을 마주했을 때, 우리는 상대방의 마음을 이해하려는 노력이 필요하다.
 그 사람이 왜 그렇게 말하고 있는지, 무엇을 감추고 싶어 하는지에 대한 이해가 필요하다. 그들의 빠른 말 속에 숨겨진 감정은 두려움, 불안, 혹은 슬픔일 수 있다.

 그 감정을 존중하고, 그들이 스스로를 표현할 수 있는 공간을 마련해 주는 것이 중요하다.

 말이 적고 빠르게 말하는 사람들에게는 때로는 말할 기회를 더 많이 주자. 그들이 안전하다고 느낄 수 있는 환경을 만들어 줌으로써, 그들의 마음속 이야기를 조금씩 꺼내도록 도울 수 있다.
 이때 중요한 것은 그들의 말에 귀 기울이고, 그들이 느끼는 감정을 이해하려는 진심 어린 태도다.

 결국, 말이 적고 빠르게 말하는 것은 그 사람의 마음속에 무언가 깊이 자리 잡고 있음을 나타내는 신호다. 그것이 무엇인지 이해하고, 그들이 마음의 무게를 덜어낼 수 있도록 돕는 것이 필요하다.

 말은 때로는 감정을 감추기 위한 도구가 되지만, 그 도구를 통해 오히려 그들의 진짜 마음을 엿볼 수 있다. 이를 통해 우리는 그들의 마음속 깊은 곳에 다가갈 수 있고, 진정한 연결을 이룰 수 있다.

쉽게 눈물을 흘리지 않는 마음의 깊이

어떤 사람들은 슬픈 영화를 보면서도 눈물을 흘리지 않는다. 친구가 힘든 일을 겪고 있을 때도 차분하게 그 상황을 받아들이고, 자신의 감정을 드러내지 않는다.

눈물을 보이는 것이 약한 모습으로 비칠까 봐, 혹은 스스로 감정을 다스릴 수 있다고 믿기 때문에 눈물을 억누르는 경우가 많다. 하지만 이런 사람들이 오히려 더 깊은 상처를 가지고 있을지도 모른다.

눈물을 쉽게 흘리지 않는 사람들은 종종 강한 사람으로 보인다.

그들은 어떤 상황에서도 흔들리지 않고, 감정을 드러내지 않으며, 언제나 이성적으로 행동하려 한다. 주변 사람들은 그들이 어떤 어려움도 잘 이겨낼 수 있다고 생각한다.

그러나 그들의 내면은 겉으로 드러나는 모습과는 달리, 쉽게 상처받고, 고통을 느끼고 있을 수 있다. 그들은 눈물을 흘리지 않음으로써 자신을 지키려는 것이다.

예를 들어, 어떤 사람이 갑작스러운 비극을 겪었을 때도 눈물을 흘리지 않고 침착하게 상황을 처리하는 모습을 보였다고 하자.

주변 사람들은 그의 강인함에 감탄했을지 모르지만, 실제로 그 사람은 마음속 깊은 곳에서 격렬한 감정을 억누르고 있었을 것이다.

눈물을 흘리지 않는 대신, 그는 내면의 상처를 깊숙이 감추고, 혼자만의 시간에 그 고통을 마주하려 했을 가능성이 크다.

또 다른 예로, 어려운 일을 겪은 후에도 친구나 가족 앞에서 울지 않고 담담한 척하는 경우가 있다. 그들은 감정을 드러내는 것이 오히려 자신을 더 약하게 만들 것이라고 믿는다. 하지만 그 감정들은 시간이 지날수록 쌓여가고, 결국에는 스스로도 감당하기 어려운 무게가 될 수 있다.

눈물을 흘리지 않으려는 그 강한 모습은 사실, 감정을 드러내는 것이 두려운 마음의 방어기제일 수 있다.

눈물을 억누르는 사람들은 자신의 약점을 드러내지 않기 위해 애쓴다. 그들은 감정을 표현하는 것이 곧 약해지는 것이라고 생각할 수 있다.

그래서 슬픔이나 고통이 찾아와도 쉽게 눈물을 보이지 않는다. 하지만 그 강한 척하는 모습은 오히려 그들의 감정이 얼마나 깊고 복잡한지를 보여준다. 그들은 울지 않기 위해 애쓰지만, 그 속에서는 울고 싶은 마음이 간절할지도 모른다.

눈물을 흘린다는 것은 감정을 표현하는 가장 자연스러운 방법 중 하나다. 하지만 눈물을 흘리지 않는 사람들은 그 자연스러움을 억누르고, 대신 강한 모습을 유지하려고 노력한다.

그들에게는 자신을 지키기 위한 방어가 필요하다고 느끼기 때문이다. 그러나 이 방어가 항상 긍정적인 결과를 가져오는 것은 아니다. 감정을 억누르는 것은 일시적인 해결책일 뿐, 그 감정이 완전히 사라지는 것은 아니다.

 오히려 그 감정은 점점 깊어지고, 결국에는 더 큰 상처로 남을 수 있다.

 이럴 때, 주변 사람들은 그들의 진짜 마음을 이해하려는 노력이 필요하다. 눈물을 흘리지 않는다고 해서 그들이 괜찮은 것은 아니다. 오히려 그들은 더 많은 위로와 이해가 필요할 수 있다.

 그들이 스스로 감정을 드러낼 수 있도록, 안전하고 편안한 환경을 만들어주는 것이 중요하다. 눈물을 흘리지 않는 것이 결코 강함의 증거가 아니며, 그 속에 감춰진 연약한 마음을 헤아릴 수 있어야 한다.

 쉽게 눈물을 흘리지 않는 사람들은, 마음속에 많은 것을 담아두고 있다. 그들은 그 마음을 숨기기 위해, 더 강해 보이려 애쓴다.

 하지만 그 강함은 때로는 외로움과 고통의 다른 표현일 수 있다. 그들의 눈물은 보이지 않지만, 그 눈물이 흐르지 않는다고 해서 슬픔이 없는 것은 아니다. 그들은 마음속에서 여전히 울고 있을지도 모른다.

결국, 쉽게 눈물을 흘리지 않는 사람들에게는 그들만의 이유가 있다. 그 이유를 이해하고, 그들이 감정을 드러내는 것을 두려워하지 않도록 돕는 것이 중요하다. 눈물은 때로는 치유의 시작이다.

눈물을 흘릴 수 있도록 도와주는 것, 그리고 그 눈물을 함께 나누는 것이 진정한 위로가 될 수 있다. 우리는 눈물을 흘리지 않는 사람들의 마음을 읽고, 그들의 슬픔을 이해하려는 노력을 멈추지 말아야 한다.

사소한 일에도 화가 난다는 건

길을 걷다 발에 걸린 돌멩이에 괜스레 화가 났던 적이 있는가? 나에게는 종종 있던 일이고 지금보다 젊을 적에는 아무렇지도 않게 넘어갈 수 있는 일에 갑자기 속에서 화가 치밀어 올라오는 순간이 있었다.

이럴 때는 스스로도 놀랐었다. "내가 왜 이러지?"라는 생각이 들면서도, 이미 화는 터져버리고 만다. 사소한 일에도 자주 화를 내는 자신을 이해하지 못해 혼란스러울 때가 많다.

사소한 일에도 자주 화를 내는 사람들은 보통 겉으로는 강하고 단단해 보이지만, 사실 그 속에는 쉽게 상처받는 마음이 숨겨져 있다.

그들은 깊은 곳에서부터 사랑과 관심을 갈망하고 있을 가능성이 크다. 이들은 종종 자신의 감정을 제대로 표현하지 못하고, 화를 내는 방식으로 그 감정을 표현하려 한다. 그 화는 사실 내면의 상처와 불안에서 비롯된 것이다.

어떤 사람은 직장에서 작은 실수를 했을 때, 자신도 모르게 크게 화를 내는 경우가 있다. 그들은 자신이 인정받지 못하고 있다는 느낌, 혹은 자존감이 흔들리는 순간에 즉각적인 분노로 반응하게 된다. 이때의 화는 단순한 실수에 대한 것이 아니다.

그보다는 자신이 무시당하거나 중요하지 않다는 생각에 대한 반응일 가능성이 크다. 이들은 본래의 감정을 표현하는 대신, 화를 내면서 자신을 방어하려 한다.

또 다른 예로, 가족이나 친구 사이에서 자주 다투는 사람이 있다. 작은 일에도 쉽게 화를 내고, 그 화가 가라앉지 않아 관계가 악화되는 경우가 많다.

이들은 사실 그 사람들과의 관계에서 더 많은 사랑과 관심을 받고 싶어 힌다. 그러나 자신의 감정을 어떻게 표현해야 할지 몰라, 오히려 화를 내며 상대방에게 상처를 주게 된다. 그 화는 곧 인정받고 싶은 욕구와 상처받은 자존감에서 나온 것이다.

이렇게 사소한 일에도 화를 자주 내는 사람들은 자신의 감정에 대해 혼란스러워할 수 있다. "왜 내가 이렇게 사소한 일에 화를 내는 걸까?"라는 질문을 스스로에게 던지며 답을 찾지 못할 때가 많다.

사실, 그 화는 지금의 상황에 대한 직접적인 반응이 아니다. 오히려 그 이면에는 사랑받고 싶은 마음, 그리고 자신을 보호하고 싶은 본능이 자리 잡고 있다.

그렇다면 어떻게 이 감정을 다스릴 수 있을까? 우선, 자신의 감정을 인정하는 것이 중요하다. 사소한 일에도 화가 나는 자신을 비난하기보다는, 그 화가 어디서부터 비롯된 것인지를 이해하려고 노력해야 한다.

그 화는 단순한 짜증이 아니라, 내면의 상처와 연결된 감정일 가능성이 크다. 그 감정을 무시하거나 억누르기보다는, 왜 그 화가 나왔는지를 스스로에게 물어보는 것이 필요하다.

또한, 화가 날 때 즉각적으로 반응하기보다는 잠시 멈추는 연습을 해보자. 숨을 깊이 들이쉬고, 마음을 가라앉히며 자신에게 시간을 주는 것이다.

이 짧은 순간이 지나고 나면, 처음 느꼈던 그 강렬한 감정이 조금씩 가라앉는 것을 느낄 수 있다. 그리고 그때야 비로소 그 상황을 더 이성적으로 바라볼 수 있게 된다.

자신의 감정을 솔직하게 표현하는 것도 중요하다. 화가 날 때, 그 화를 억누르기보다는 차분하게 그 감정을 표현해보자.

"지금 내가 느끼는 감정은 이런 이유 때문에 나온 것 같다"라는 식으로 자신을 이해시키고, 또 상대방에게도 설명할 수 있는 기회를 만들어야 한다. 이렇게 자신의 감정을 솔직하게 표현하면, 화를 내는 대신 자신의 진짜 감정을 전달할 수 있게 된다.

마지막으로, 스스로에게 사랑과 관심을 주는 방법을 찾아보자. 외부에서만 인정받고자 하는 욕구를 채우려 하기보다는, 스스로를 돌보고 자존감을 키우는 것이 필요하다.

자기 자신을 돌보는 작은 습관들, 예를 들어 규칙적인 운동, 명상,

혹은 자신이 좋아하는 취미를 즐기는 시간을 가지는 것이 좋다. 이런 작은 변화들이 쌓여, 내면의 상처를 치유하고 화를 다스리는 데 큰 도움이 될 것이다.

결국, 사소한 일에도 쉽게 화가 나는 것은 내면의 상처와 연결된 감정일 수 있다. 이 감정을 이해하고, 스스로에게 더 많은 사랑과 관심을 주는 것이 필요하다.

화를 통해 자신을 표현하기보다는, 그 감정을 솔직하게 드러내고, 상대방과의 관계를 개선할 수 있는 방법을 찾는 것이 중요하다. 그렇게 할 때, 비로소 내면의 불안을 해소하고, 진정으로 평화로운 마음을 가질 수 있게 된다.

초연한 태도를 유지하는 5가지 비결

회의실에 앉아 있을 때, 모든 시선이 한 사람에게 집중되었다. 중요한 프레젠테이션이 끝난 직후, 날카로운 질문이 쏟아졌다.

그 사람은 잠시 고개를 들어 질문자를 바라봤다. 그 시선에는 흔들림이 없었다. 곧이어 그는 차분한 목소리로 답변을 시작했다.

목소리는 일정한 톤을 유지했고, 감정의 변화가 느껴지지 않았다. 그의 말이 끝나고 나서도 회의실에는 잠시 침묵이 흘렀다.

그 침묵은 오히려 그 사람의 존재감을 더욱 강화시키는 듯했다. 그 순간, 나는 '초연함'이라는 것이 단순히 감정을 억누르는 것이 아니라, 상황을 완전히 장악하는 힘이라는 것을 깨달았다.

초연한 태도는 단순히 무표정하거나 감정을 억누르는 것이 아니다. 그것은 내면의 안정감과 자신감을 외적으로 표현하는 기술이다.

이 태도를 유지하기 위해서는 몇 가지 중요한 요소들이 필요하다. 이제 그 다섯 가지 비결을 구체적으로 살펴보자.

1. 차분한 음성 유지

어떤 상황에서도 차분한 목소리를 유지하는 것은 초연한 태도의 핵심이다.
상대방이 불편한 질문을 던지거나 감정적으로 다가올 때, 흔들리지 않고 일정한 톤으로 대답하는 것만으로도 자신감을 드러낼 수 있다.

차분한 목소리는 당신이 상황을 완벽히 통제하고 있다는 인상을 준다. 이는 상대방에게 당신이 쉽게 동요하지 않는다는 메시지를 전달한다.

예를 들어, 감정적인 논쟁이 벌어질 때도 차분한 음성을 유지하면 상대방은 자연스럽게 긴장하고, 대화의 주도권을 잃게 된다.

2. 지배적인 시선 유지

지배적인 시선은 자신감과 두려움이 없다는 것을 드러낸다. 상대방이 당신을 쳐다볼 때, 차가운 시선으로 응시하며 먼저 눈을 피하지 않는 것이 중요하다.

이는 당신이 그 상황에서 우위를 점하고 있음을 보여준다. 예를 들어, 누군가 당신을 시험하려 하거나 당신의 의도를 파악하려 할 때, 단호한 시선은 상대방이 쉽게 당신을 넘볼 수 없게 만든다.

3. 자신감 있는 보행

공간을 가로지를 때, 당신의 걸음걸이는 당신의 태도를 반영한다. 자신감 넘치는 걸음걸이는 당신이 그 공간을 지배하고 있다는 인상을 준다.

이를 통해 당신은 그 자리에 대한 권위를 확립하게 된다. 걸을 때 어깨를 펴고, 힘있게 발을 내딛으며, 방향을 확실히 정하는 것이 중요하다.

이러한 자세는 사람들에게 당신이 자신감 있고 목표 지향적인 사람이라는 인상을 남긴다.

4. 침묵의 힘 활용

때로는 말보다 침묵이 더 강력한 메시지를 전달할 수 있다. 대화 중 불필요한 말을 줄이고, 침묵을 유지함으로써 상대방에게 긴장감을 줄 수 있다.

이 침묵은 당신이 상황을 장악하고 있으며, 필요할 때까지 말을 아낀다는 인상을 준다.

예를 들어, 중요한 결정이 필요한 순간에 침묵을 유지하면, 상대방은 당신의 반응을 예측하기 어렵게 되고, 그 긴장감은 당신에게 유리하게 작용한다.

5. 명확한 경계 설정

누군가가 당신의 권위에 도전하려 할 때, 명확하고 단호한 태도로 경계를 설정하는 것이 중요하다. 이는 상대방에게 당신이 쉽게 넘어갈 수 없는 사람임을 보여준다.

경계를 설정하는 것은 단지 자신을 방어하는 것이 아니라, 자신의 가치를 지키는 행위다.

예를 들어, 누군가가 무례하게 행동하거나 당신의 한계를 시험하려 할 때, 단호하게 그 행동을 제지하고 자신의 입장을 분명히 함으로써, 당신의 권위를 확립할 수 있다.

내면의 자신감을 바탕으로 이 비결들을 실천한다면, 어떤 상황에서도 흔들리지 않는 태도를 유지할 수 있다. 초연함은 단순한 무감각이 아니라, 상황을 주도적으로 이끌어가는 힘이다.

이를 통해 당신은 더 강한 존재감을 드러내고, 주위 사람들에게 깊은 인상을 남길 수 있을 것이다. 이 힘을 통해 당신은 주변의 소란과 동요 속에서도 자신의 중심을 지키고, 더 큰 영향력을 발휘할 수 있다.

결국, 초연한 태도란 내면의 깊이에서 우러나오는 힘으로, 그것은 당신을 더 단단하게 만들고, 타인에게는 결코 잊혀지지 않는 인상을 남기게 할 것이다.

셀프 가스라이팅의 8가지 신호

결정해야 할 순간이 다가왔다. 마음은 불안했고, 머릿속에서는 수많은 생각이 엉켜 있었다. "이게 정말 옳은 선택일까?"라는 질문이 계속해서 떠올랐다.

하지만 그 질문 뒤에 숨겨진 더 큰 두려움은 "내가 너무 예민하게 반응하는 건 아닐까?"라는 의심이었다.

그 의심은 점점 커져, 결국 자신에게 이렇게 말하고 있었다. "내가 또 과민 반응하는 거야. 이건 내 잘못일지도 몰라."

자신의 감정을 무시하기 시작한 건 이때부터였다. 분명히 불안하고 걱정되는 마음이 있었지만, 그 감정을 스스로 인정하지 않았다.

대신, "내가 왜 이렇게까지 신경을 쓰지? 다른 사람들은 이걸 아무렇지 않게 넘어갈 텐데"라며 자신의 감정을 억누르려 했다. 그러다 보니 점점 자신의 판단을 믿지 않게 되었고, 기억마저도 흐려지기 시작했다.

"정말 그때 그랬던 걸까? 혹시 내가 잘못 기억하는 건 아닐까?"라는 의심이 마음속에 자리 잡았다.

그러면서도 자신을 탓하는 마음이 강해졌다. "이 모든 게 내 잘못일 거야. 내가 더 잘했어야 했는데, 왜 그때 그렇게 말했을까?"라는 생각이 머릿속을 떠나지 않았다. 모든 상황이 자신의 책임처럼 느껴졌다.

감정적으로 힘든 상황에서도, 자신이 과민 반응을 하고 있다는 생각에 점점 더 자신을 억누르게 되었다. "이 정도 일에 이렇게 흔들리다니, 내가 너무 감정적인 거야. 이건 다 내 문제야"라는 결론에 스스로를 몰아넣었다.

심지어 타인의 잘못된 행동마저도 변명하게 되었다. 누군가가 상처를 주었을 때, 그 사람을 탓하기보다는 "아마 그 사람도 힘들었을 거야"라며 상황을 합리화했다.

"내가 너무 예민해서 그런 걸 거야"라고 생각하며, 상대방의 나쁜 행동을 이해하려 했다. 하지만 그 과정에서 정작 자신의 감정과 경험은 무시되었다. "내가 그때 느꼈던 감정은 별게 아니었을 거야.

그냥 내가 예민해서 그랬겠지"라는 생각으로, 자신이 느낀 고통을 가볍게 넘기려 했다.

이러한 신호들이 반복될수록, 자신을 믿지 않게 되었다. 스스로 내린 결정조차 의심하고, 과거의 기억들을 되짚어보며 "내가 정말 옳았던 걸까?"라는 질문을 멈추지 않았다.

결국, 자신에게 가해지는 가스라이팅은 외부에서 오는 것이 아니라, 자신의 내면에서 스스로에게 가해지는 것이었다.

중요한 결정을 내릴 때, 일상 속에서 작은 선택을 할 때, 우리는 자신을 의심하고, 스스로를 탓하며, 결국 자신의 감정을 무시하게 된다.

그러나 이러한 자기 가스라이팅은 스스로를 점점 더 약하게 만들고, 진짜 자신의 목소리를 듣지 못하게 만든다.

자신에게 가스라이팅을 가하고 있다는 신호를 인식하는 것은 첫 걸음이다. 그 신호를 무시하지 말고, 자신의 감정을 있는 그대로 받아들이는 것이 중요하다.

자신의 감정은 그저 지나가는 것이 아니라, 중요한 메시지를 담고 있다. 그 메시지를 외면하지 않고 직시하는 것이 자신을 진정으로 이해하는 길이다.

우리 모두는 자신의 판단을 믿고, 감정을 존중받아야 한다. 자기 가스라이팅의 신호들을 인식하고, 그 신호들을 넘어 자신을 이해하는 것은, 결국 자신에게 진정한 자유를 주는 것이다.

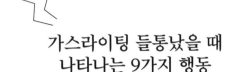

가스라이팅 들통났을 때
나타나는 9가지 행동

어느 날, 가까운 친구와 심각한 대화를 나누던 중 이상한 점을 느꼈을 것이다.

친구의 행동이 너무도 불합리하고, 그의 말이 내 생각을 흐트러뜨리려는 의도처럼 느껴졌을 때, 그 의심은 처음엔 기분 탓이라 생각했을지 모른다.

하지만 점점 대화가 깊어질수록, 그 친구가 자신을 방어하기 위해 하는 말들이 점점 더 의심스러워진다. 이런 상황이 반복될 때, 우리는 '혹시 내가 가스라이팅 당한 걸까?'라는 생각에 사로잡히게 된다.

그리고 가스라이팅이 들통났을 때, 나르시시스트가 보이는 전형적인 행동들을 목격하게 된다.

첫 번째, 화를 내며 짜증을 부린다.

나르시시스트는 자신의 가스라이팅이 들통났을 때, 가장 먼저 감정적으로 반응한다. 상대방이 자신을 의심하거나, 진실을 폭로하려고 할 때, 그들은 과도하게 화를 내며 상대를 압도하려 한다.

화를 내는 것은 그들의 전형적인 방어 기제이다. 상대방이 두려워서 더 이상 추궁하지 못하도록 만드는 것이다. 이를 통해 그들은 상대방이 자신을 더 이상 공격하지 못하게 하려 한다.

두 번째, 슬픈 이야기를 하며 변명을 한다.

이들은 갑자기 자신이 얼마나 힘들었는지, 얼마나 외로웠는지를 강조하며 동정을 구한다. 슬픈 이야기로 상대방의 감정을 자극해 자신을 이해하고 받아들일 수밖에 없게 만든다.

이런 변명은 진실을 흐리게 만들고, 상대방이 자신을 계속 추궁하는 것이 무의미하다고 느끼게 만든다. 결국, 상대방은 그들의 이야기에 마음이 약해져 문제를 묻어두려 할 것이다.

세 번째, 증거가 있어도 부정한다.

분명한 증거가 눈앞에 있어도, 나르시시스트는 결코 인정하지 않는다. 그들은 증거 자체를 부정하고, 오히려 그 증거가 잘못되었거나 왜곡되었다고 주장한다.

그들에게는 사실 자체가 중요하지 않다. 그들은 자신의 이미지를 지키기 위해서라면 어떤 거짓말이라도 서슴지 않는다.

네 번째, 거짓말을 하고, 가스라이팅을 하며, 혼란스럽게 만든다.

나르시시스트는 거짓말을 통해 상대방의 혼란을 가중시킨다. 그들은 상대방이 자신을 믿지 못하도록 만든다. 가스라이팅을 통해 상대방이 스스로의 판단을 의심하게 하고, 진실을 헷갈리게 만든다.

이렇게 혼란에 빠진 상대방은 점점 더 그들의 말을 믿게 되고, 결국 그들이 원하는 방향으로 생각하게 된다.

다섯 번째, 당신의 잘못을 지적하며 책임을 전가한다.

그들은 언제나 상대방의 잘못을 찾아내어 공격한다. 가스라이팅이 들통나면, 그들은 오히려 상대방이 문제라고 주장하며, 자신의 잘못을 상대방에게 떠넘긴다.

이를 통해 그들은 자신이 피해자가 아니라 가해자라고 느끼게 만들고, 죄책감을 심어준다. 결국, 상대방은 자신의 잘못을 고민하게 되고, 그들의 잘못은 잊혀지게 된다.

여섯 번째, 모든 사실을 왜곡하여 거짓 소문을 만들고 진실을 말할 기회를 빼앗는다.

나르시시스트는 진실을 숨기기 위해 주변 사람들에게 거짓 소문을 퍼뜨린다. 그들은 상황을 왜곡하고, 자신에게 유리하게 만들기 위해 거짓말을 한다.

이를 통해 진실이 드러날 기회를 차단하고, 자신에게 불리한 사실이 퍼지는 것을 막는다.

주변 사람들은 그들의 말에 속아 진실을 오해하게 되고, 결국 그들은 또다시 가해자로부터 자신을 보호하게 된다.

일곱 번째, 모든 것을 뒤집어 당신을 비난하고, 당신이 화난 것에 대해 오히려 화를 낸다.

나르시시스트는 상황을 뒤집어 상대방을 비난한다. 그들은 상대방이 왜 그렇게 화를 내는지 이해하지 못하는 척하며, 오히려 자신이 더 큰 피해를 입었다고 주장한다.

이를 통해 상대방이 느끼는 감정을 무시하고, 자신이 더욱 억울한 위치에 있음을 강조한다. 이렇게 상대방은 점점 더 혼란에 빠지고, 자신의 감정을 정당화하지 못하게 된다.

여덟 번째, 그들의 잘못을 지적하면 내가 잘못한 사람이 된다.

나르시시스트는 자신의 잘못을 지적당할 때마다, 그 상황을 자신에게 유리하게 바꾼다. 그들은 오히려 상대방이 자신을 억울하게 만들고 있다고 주장하며, 자신이 피해자임을 강조한다.

이렇게 상대방은 자신이 가해자인 것처럼 느끼게 되고, 더 이상 그들의 잘못을 지적할 용기를 잃게 된다.

아홉 번째, 모든 상황을 왜곡해 자신을 피해자로 만들려고 한다.

결국 나르시시스트는 자신을 피해자로 만든다. 그들은 모든 상황을 왜곡해 자신이 억울하게 당하고 있다고 주장한다.

이를 통해 다른 사람들의 동정을 얻고, 자신에게 가해진 비난을 무효화하려 한다.
그들은 절대 자신의 잘못을 인정하지 않으며, 오히려 상황을 조작해 자신이 가장 큰 피해를 입은 사람으로 보이게 한다.

이 모든 행동들은 나르시시스트가 자신의 가스라이팅이 들통났을 때 보여주는 전형적인 반응이다. 그들은 절대 자신이 잘못했다고 인정하지 않는다.

오히려 상대방을 혼란스럽게 하고, 자신을 방어하기 위해 어떤 수단이라도 사용할 것이다. 그렇기 때문에 그들의 행동을 정확히 인지하고, 그들의 속임수에 넘어가지 않도록 경계해야 한다. 나르시시스트와의 관계에서 가장 중요한 것은, 그들의 왜곡된 현실을 바로잡고, 스스로를 보호하는 것이다.

가스라이터에게 대처하는 방법

당신은 갑자기 혼란스러운 감정에 휩싸인다. "난 그런 말 한 적 없어"라고 그가 말할 때마다, 머릿속이 어지러워진다.

내 기억이 틀렸던 걸까? 하지만 분명히 그 말을 들었다고 확신했는데.

그는 다시 말한다. "네가 잘못 기억한 거야." 이 말이 반복될수록, 당신은 점점 더 자신을 의심하게 된다. 그리고 어느 순간, 그는 더 강하게 말한다.

"망상하지 마." 그 순간, 마치 발밑의 땅이 흔들리는 것만 같다. 이 혼란 속에서, 당신은 스스로를 믿는 힘을 잃어간다.

이런 상황은 영화 *'가스등(Gaslight)'*에서 그려진 장면을 떠올리게 한다. 이 영화는 가스라이팅의 전형적인 사례를 보여준다.

주인공 남편은 아내의 정신 상태를 조작하고 통제하기 위해 현실을 왜곡한다. 남편은 재산을 빼앗기 위해 가스등을 희미하게 만들고, 아내가 불이 희미해진 것을 느꼈다고 말할 때마다 "네가 잘못 느낀 것"이라며 아내의 감각을 부정한다. 시간이 지날수록 아내는 자신의 현실 감각을 의심하게 되고, 결국 정신적으로 피폐해진다.

이 영화는 가스라이팅이 어떻게 친밀한 관계 속에서 이루어지며, 피해자가 자신이 피해를 입고 있다는 사실조차 인식하지 못하게 만드는지를 잘 보여준다.

가스라이팅은 이렇게 교묘하게 시작된다. 상대방은 당신의 감각과 판단을 지속적으로 부정하며, 결국 당신이 스스로를 믿지 못하게 만든다. 이때 가장 중요한 건 자신을 지키는 것이다.

먼저, 가스라이팅을 알아차리는 것이 중요하다. 타인의 말이나 행동이 이상하게 느껴진다면, 그것을 무시하지 말아야 한다.

'내가 잘못 기억한 걸까?'라는 의심이 들 때마다, 그 의심 자체가 그들의 의도된 속임수일 수 있음을 인지해야 한다. 그들이 "네가 망상하는 거야"라고 말할 때, 당황하거나 불안해하지 말고, 침착하게 "나는 내가 들은 것에 대해 확신해"라고 답해야 한다.

이는 그들이 당신을 조종하려는 시도를 무력화하는 첫걸음이다.

또한, 상대방이 "너는 도움이 필요해"라고 말하며 당신을 약한 사람으로 몰아가려 할 때, 이에 휘둘리지 말아야 한다.

대신 "나는 나를 지지해줄 사람이 필요해"라고 말하면서 당신이 원하는 것을 명확히 전달해야 한다. 이런 방식으로, 상대방이 당신을 통제하려는 시도를 차단하고, 스스로의 힘을 되찾을 수 있다.

가스라이팅에 대처하는 또 다른 중요한 방법은 정서적 거리를 유지하는 것이다. 그들의 말과 행동이 당신을 혼란스럽게 만들 때, 그 관계에서 물리적이든 정서적이든 거리를 두는 것이 필요하다.

그들과의 관계를 완전히 끊는 것이 어려울 수도 있지만, 가급적이면 그들과의 상호작용을 최소화하고, 스스로를 보호하는 데 집중해야 한다.

 외부의 도움도 필요하다. 신뢰할 수 있는 사람들과 당신이 겪고 있는 상황을 공유하는 것이 중요하다. 객관적인 시선을 통해 당신이 느끼고 있는 것이 정당하며, 그것이 결코 망상이 아니라는 확신을 얻을 수 있다.

 이는 가스라이팅에 저항할 수 있는 힘을 기르는 데 큰 도움이 된다.

마지막으로, 자기 돌봄에 신경 써야 한다. 가스라이팅은 당신의 자존감을 파괴하고, 당신을 무너뜨리려 한다. 하지만 당신은 당신 자신의 감정과 판단을 믿어야 한다.

 스스로를 돌보는 시간, 자신의 감정에 귀 기울이는 시간은 당신의 자존감을 회복하고, 가스라이팅의 영향에서 벗어나게 해준다.

 이 과정은 결코 쉽지 않다. 하지만 당신은 자신의 진실을 알고 있다. 그 진실을 지켜내기 위해, 당신 자신을 믿고 지켜야 한다. 그것이야말로 가장 중요한 시작이다.

나르시스트에게 대처하는 방법

나르시스트와의 관계는 마치 보이지 않는 올가미에 걸린 것 같은 기분을 들게 한다. 그들은 타인의 감정과 필요를 자신의 욕구에 맞게 조작하려 하고, 자신만의 세상에서 군림하려 한다.

이런 상황에 놓인 사람은 혼란과 좌절감에 빠지기 쉽다. 그들의 말과 행동은 때로는 달콤하게 다가오지만, 그 속에 숨겨진 이기심과 조종욕구는 당신의 마음을 잠식시킬 수 있다.

나르시스트는 상대방을 자신의 도구로 삼으려 하며, 당신이 그들의 그늘에서 벗어나지 못하도록 다양한 전술을 사용한다.

그러나, 그들의 전략을 정확히 이해하고, 자신을 보호할 수 있는 방법들을 배운다면, 그 올가미에서 벗어나는 것은 결코 불가능한 일이 아니다.

이번 글에서는 나르시시스트에게서 벗어나기 위한 심화된 대처 방법들을 다룰 것이다. 이 방법들은 당신이 그들의 영향에서 벗어나고, 더 나아가 진정한 자신을 지킬 수 있는 힘을 길러줄 것이다.

1. 적당한 거리를 두라

나르시시스트와의 관계에서 가장 중요한 것은 적절한 거리를 유지하는 것이다.

이들은 당신을 감정적으로 통제하려 하므로, 물리적 거리뿐 아니라 감정적 거리도 필수적이다. 너무 가까워지면 그들의 영향을 더 강하게 받을 수밖에 없다.

그들의 불필요한 요구나 지나친 친절에 휘둘리지 말고, 당신의 경계를 명확히 설정해야 한다.

2. 때로는 이기적으로 행동하라

나르시시스트는 상대방이 자신의 요구를 무조건 들어주길 기대한다. 이런 상황에서는 때로는 이기적으로 행동하는 것이 필요하다.

당신의 감정과 필요를 우선시하고, 그들이 당신에게 부당한 요구를 할 때 단호하게 거절할 줄 알아야 한다. 이기적으로 보이는 행동이 오히려 당신의 건강한 자아를 지키는 방법일 수 있다.

3. 논쟁을 피하라

논리와 이성으로 나르시시스트와 논쟁하는 것은 소용없다. 그들은 논리적이지 않으며, 논쟁에서 이기기 위해 어떤 수단도 가리지 않는다.

이들과의 논쟁은 당신을 지치게 만들고, 결국 더 큰 혼란 속에 빠지게 할 뿐이다. 논쟁보다는 차분하게 상황을 정리하고, 불필요한 대화를 피하는 것이 더 효과적이다.

4. 칭찬에 경계하라

나르시시스트는 종종 칭찬을 무기로 사용한다. 그들은 당신을 칭찬하며 경계를 허물고, 그 뒤에 숨겨진 목적을 이루려 한다.

그들의 칭찬이 진심에서 나온 것인지, 아니면 당신을 조종하려는 의도인지를 잘 살펴야 한다.

겉으로 드러나는 칭찬에 쉽게 마음을 열기보다는, 그들의 행동 전반을 분석할 필요가 있다.

5. 교묘한 조종을 차단하라

나르시시스트는 교묘하게 당신을 조종하려 한다. 그들은 당신의 감정에 호소하거나, 당신이 자신을 도와주지 않으면 큰 문제가 생길 것처럼 말할 수 있다.

이러한 조종을 인지하고, 그들의 시도에 넘어가지 않도록 주의해야 한다. 명확한 경계를 설정하고, 필요할 때는 단호하게 대응하라.

6. 자신을 믿어라

나르시시스트는 당신의 자존감을 낮추려 할 것이다. 그들은 당신을 끊임없이 비난하거나, 당신의 능력을 폄하하려 한다.

이럴 때일수록 자신을 믿는 것이 중요하다. 그들의 말에 휘둘리지 않고, 자신의 가치를 스스로 인정하는 것이 필요하다.

자존감을 지키는 것이 그들의 조종에서 벗어나는 첫걸음이다.

7. 가족, 친구, 동료에게 도움을 구하라

나르시시스트와의 관계에서 혼자 싸우려 하지 말고, 주변의 도움을 구하라.

가족, 친구, 동료들이 당신의 상황을 이해하고 지지해 줄 때, 더 강하게 그들에게 대처할 수 있다.

이들의 도움을 통해 나르시시스트의 영향을 줄이고, 더 건강한 관계를 유지할 수 있다.

8. 과도한 의존을 피하라

나르시시스트는 당신이 그들에게 의존하도록 만들려 할 것이다.

그들이 제공하는 도움이나 자원을 무조건적으로 받아들이지 말고, 스스로 해결할 수 있는 방법을 찾아야 한다.

그들에게 의존하지 않고 독립적으로 행동할 때, 그들은 당신을 조종하기 어려워진다.

9. 눈빛, 표정, 제스처를 분석하라

나르시시스트는 말뿐만 아니라 비언어적인 신호로도 당신을 조종하려 한다. 그들의 눈빛, 표정, 제스처를 주의 깊게 관찰해보라.

말과 행동이 일치하지 않는다면, 그들이 진실을 말하지 않거나 숨겨진 의도가 있을 가능성이 크다. 그들의 비언어적 신호를 분석함으로써, 당신이 그들의 의도를 간파할 수 있다.

10. 말과 표정이 일치하는지 지켜보라

나르시시스트는 자신의 감정을 숨기고, 거짓된 모습을 보여주려 할 수 있다. 그들의 말과 표정이 일치하는지 주의 깊게 살펴보라.

말은 긍정적인데 표정은 차갑다면, 그들이 진실을 숨기고 있다는 신호다.

이런 불일치를 발견했을 때는, 그들의 말을 곧이곧대로 믿지 말고 상황을 더 면밀히 파악할 필요가 있다.

나르시시스트와의 관계는 고통스러울 수 있지만, 당신은 혼자가 아니다.
이 관계 속에서 겪는 어려움과 혼란은 당신의 잘못이 아니며, 그들의 조종에 흔들리지 않고 자신을 지키는 것은 매우 중요한 일이다.

당신이 지금 하고 있는 모든 노력은 당신의 자존감과 내면의 힘을 강화시키는 과정이다. 스스로를 믿고, 자신을 보호하기 위한 행동을 결코 두려워하지 말라.

당신의 가치는 그 어떤 나르시시스트도 빼앗아갈 수 없다.

이 길은 쉽지 않겠지만, 당신은 충분히 이겨낼 수 있는 힘을 가지고 있다. 어려운 순간마다 당신의 내면에 있는 용기를 떠올리고, 자신을 지키는 선택을 하길 바란다.

당신은 지금도 충분히 잘하고 있고, 그 어떤 상황에서도 당신의 가치는 변하지 않는다. 자신을 위해 이 싸움을 이어가며, 더 나은 내일을 만들어가길 응원한다.

완벽주의를 내려놓으세요

완벽주의를 추구하며 살아가는 사람이라면, 한 번쯤은 극심한 스트레스나 우울감을 느껴본 적이 있을 것이다.

예를 들어, 중요한 프로젝트를 맡았을 때, 모든 것을 완벽하게 해내야 한다는 압박감에 사로잡혀 밤낮 없이 일을 하다가 결국 몸과 마음이 지쳐버리는 경험 말이다.

완벽주의는 처음에는 높은 목표를 설정하고 자신을 끊임없이 발전시키는 원동력이 될 수 있지만, 시간이 지나면서 그 무게가 자신을 짓누르기 시작한다.

특히 그 목표에 도달하지 못했을 때, 그로 인한 자책감과 부정적인 감정은 더 깊은 우울감으로 이어질 수 있다.

조던 피터슨은 이러한 완벽주의와 우울증 사이의 연관성에 대해 자주 언급한다.
그는 완벽주의가 사람으로 하여금 자신에게 지나치게 엄격한 기준을 적용하게 만들고, 그 기준을 달성하지 못했을 때 깊은 자책감에 빠지게 한다고 경고한다.

이는 단순한 실패의 감정이 아니라, 자기비하와 부정적인 자기 대화를 초래하며 결국에는 우울증으로 이어지게 된다. 완벽하지 않다는 사실을 받아들이지 못하고, 자신을 끊임없이 채찍질하는 과정에서 사람은 점점 더 자신을 갉아먹게 된다.

그러나 피터슨은 완벽주의에서 벗어나는 길도 제시한다. 그는 자신을 다른 사람과 비교하는 대신, 과거의 자신과 비교하는 것이 중요하다고 강조한다.

오늘의 나를 어제의 나와 비교하며 작은 변화와 성장을 인식하는 것이야말로 진정한 발전의 길이라는 것이다.

또한, 너무 높은 목표를 세우기보다는 작고 현실적인 목표를 설정하고 차근차근 나아가는 것이 중요하다.

이렇게 하면 완벽주의로 인해 발생할 수 있는 정체 상태를 피하고, 매일 조금씩 성장하는 자신을 발견할 수 있다.

무엇보다 기억해야 할 건 자신을 대할 때 타인에게 베푸는 친절과 이해를 동일하게 적용하는 일이다. 우리는 종종 다른 사람에게는 관대하지만, 정작 자신에게는 냉혹한 잣대를 들이대곤 한다.

하지만 자기 자신에게도 따뜻한 마음을 가져야 한다. 스스로에게 너그러워지고, 실수나 부족함을 인정하는 것이 오히려 더 큰 성장을 이끌어낼 수 있다.

완벽주의는 쉽게 고쳐지지 않는 성향이지만, 이를 인식하고 조금씩 변화하려는 노력이 중요하다. 오늘의 작은 성과에 만족하고, 완벽하지 않은 자신을 받아들이는 것.

그것이야말로 스트레스와 우울증을 줄이고, 더 건강한 삶을 사는 길이다. 당신이 지금 느끼고 있는 이 부담감이 혼자가 아님을 기억하자.

그리고 조금씩, 천천히, 자신에게도 따뜻한 이해를 베풀며 앞으로 나아가길 바란다. 당신은 그럴 자격이 충분히 있다.

눈치가 없는 척 하는 사람

회사나 모임에서 늘 눈치 없고 실수를 자주 하는 사람이 있다. 처음엔 그저 단순하고 서투른 사람이라 생각했을지도 모른다.

그런데 이상하게도 중요한 순간마다 그 사람은 실수하지 않고, 오히려 예상 밖의 행동으로 상황을 유리하게 이끌어가는 경우를 본 적이 있을 것이다.

이럴 때 우리는 '혹시 그 사람이 눈치 없는 척 한 걸까?'라는 의심을 하게 된다.

사람들은 종종 눈치 없는 사람을 단순하고 순진하게 보곤 한다. 그러면서 자연스럽게 방심하게 된다. 눈치 없는 사람은 모두의 신뢰를 얻기 쉬운 대상이 된다.

 그들은 자신의 실수를 통해 다른 사람들의 의심을 피할 수 있다. 겉으로는 허술해 보이지만, 속으로는 자신이 원하는 방향으로 상황을 이끌어가고 있을지도 모른다.

 눈치 없다고 생각한 그 사람이 사실은 모든 것을 계산하고 있다는 사실을 깨닫는 순간, 우리는 뒤통수를 맞은 기분이 든다.

 눈치 없는 척하는 사람들은 자신의 의도를 감추는 데 탁월하다.

 그들은 겉으로는 서툴고 어리숙해 보이지만, 실제로는 주위 사람들의 동태를 주의 깊게 살피고 있다. 그들은 자신에게 유리한 상황을 만들기 위해 무심한 척, 실수한 척 행동한다.

 예를 들어, 회의에서 중요한 정보를 실수로 흘리는 듯한 행동을 하지만, 그 정보가 자신에게 유리하게 작용하게끔 한다. 이렇게 그들은 자신의 패를 숨기면서도 상대방을 조종할 수 있다.

이런 사람들과의 관계는 매우 위험하다. 왜냐하면 그들은 자신의 진짜 의도를 끝까지 감추고 있기 때문이다.

당신이 그 사람을 순진하다고 믿는 동안, 그 사람은 이미 당신의 행동과 생각을 조종하고 있을 수 있다.

특히, 당신이 방심한 순간에 그들은 자신의 패를 꺼내어 상황을 자신에게 유리하게 이끌어갈 것이다.

눈치 없는 척하는 사람들은, 당신이 모든 것을 알고 있다고 생각하게 만들어 결국은 그들의 계획에 말려들게 만든다.

하지만 이런 사람들을 완전히 피할 수는 없다. 대신, 그들의 행동에 의문을 가지고 조심할 필요가 있다.

누군가가 너무 자주 실수를 반복하거나, 중요한 순간에만 '우연히' 실수를 저지른다면, 그 이면에 숨겨진 의도를 의심해봐야 한다. 겉모습만 보고 그 사람을 판단하지 말고, 그들이 어떻게 상황을 풀어가는지 유심히 살펴보는 것이 중요하다.

결국, 눈치 없는 척하는 사람은 다른 사람들의 신뢰를 얻기 위해 의도적으로 자신을 과소평가하게 만든다.

그들은 언제나 자신이 계획한 대로 상황을 조종할 준비가 되어 있다. 따라서 이런 사람들과 관계를 맺을 때는 신중해야 한다.

그들이 내놓지 않은 패를 끝까지 숨기고 있는 경우가 많기 때문이다.

우리는 누구나 사람을 믿고 싶은 마음이 있다. 하지만 모든 사람을 있는 그대로 믿기에는 세상은 너무 복잡하고, 사람들의 의도는 늘 분명하지 않다.

눈치 없는 척하는 사람들은 그 복잡함을 이용해 자신의 이익을 챙기려 한다. 그들은 언제나 당신이 방심한 순간을 노리고 있다. 그렇기 때문에 그들이 던지는 모든 말과 행동 뒤에 숨겨진 진짜 의도를 파악하는 것이 필요하다.

이제는 그런 사람들의 속임수에 넘어가지 않도록 경계해야 한다. 눈치 없는 척하는 사람들일수록 더 큰 의심을 가지고 바라봐야 한다.

그들이 언제 자신의 패를 꺼낼지 모르는 상황에서, 당신의 판단력을 흐리지 않도록 경계의 끈을 놓지 말자.

결국, 그들이 가진 숨겨진 패를 산파할 수 있다면, 당신은 그들의 의도에 말려들지 않고 자신을 지킬 수 있을 것이다.

모욕주는 사람에게 대처하는 방법

누구나 한 번쯤은 모욕적인 말을 들었을 때의 찝찝함을 경험했을 것이다. 친구나 동료, 또는 전혀 예상하지 못했던 사람으로부터 날아온 그 말 한마디가 하루 종일 마음을 무겁게 만들곤 한다.

특히 그 순간, 어떻게 반응해야 할지 몰라 더 큰 상처를 받기도 한다. 이런 상황에서 우리가 어떻게 대처해야 할까? 모욕에 당당하게 맞설 수 있는 여섯 가지 방법을 알아보자.

첫 번째, 침착함을 유지하기

모욕을 당했을 때, 가장 먼저 해야 할 일은 감정을 조절하는 것이다. 감정이 격해지면 판단이 흐려지기 쉽다.

그들의 모욕적인 말에 즉각적으로 반응하고 싶은 충동이 들겠지만, 오히려 이때 침착함을 유지하는 것이 가장 강력한 무기가 된다.

상대방이 원하는 것은 당신이 흥분하는 모습이다. 그들에게 그 기회를 주지 않는 것이 중요하다. 깊이 숨을 들이마시고, 잠시 멈추자. 침착함을 유지하는 것은 결코 약함을 의미하지 않는다. 오히려 당신이 상황을 통제하고 있다는 것을 보여주는 강한 신호다.

두 번째, 자리를 피하기

때로는 상황을 피하는 것이 최선일 때가 있다. 자신을 통제할 자신이 없다면, 즉시 그 자리를 떠나거나 잠시 떨어져 있는 것이 좋다.

감정이 진정된 후에 다시 그 상황을 돌아보면, 더 냉정하게 대처할 수 있다. 굳이 모든 싸움을 바로 그 자리에서 끝낼 필요는 없다.

때로는 물러나는 것이 현명한 선택이다. 상황에서 벗어나는 것은 포기가 아니다. 오히려 자신을 보호하는 방법 중 하나다.

세 번째, 무례함을 공격적으로 받아들이지 않기

모욕적인 말을 들었을 때, 그 말이 나를 향한 개인적인 공격으로 느껴질 수 있다. 하지만 중요한 것은, 그 무례함이 결코 당신의 가치나 인격을 평가하는 것이 아니라는 점이다.

그들의 말은 그들 자신의 문제일 뿐이다. 그러므로 그 말을 나 자신에 대한 평가로 받아들이지 말자. 그들이 무례하게 행동하는 것은 그들의 성숙하지 못한 감정을 드러내는 것일 뿐이다. 당신은 그들의 말에 휘둘릴 필요가 없다.

네 번째, 유머 감각 사용하기

모욕적인 상황에서 유머로 대응하는 것은 쉽지 않다. 그러나 이를 잘 활용하면, 상황을 역전시킬 수 있다. 유머는 상대방의 공격을 무력화시키는 강력한 도구다.

그들의 모욕적인 말에 웃음으로 답하는 순간, 그들은 당황하게 된다. 예를 들어, "그렇게 생각해줘서 고마워!" 같은 말을 던져보라.

당신이 그들의 말에 동요하지 않는다는 것을 보여주는 순간, 그들은 더 이상 당신을 공격할 이유를 찾지 못할 것이다.

다섯 번째, 침묵하고 무시하기

때로는 말보다 강력한 대응이 침묵이다. 그들의 말에 아무런 반응을 보이지 않으면, 그들은 자신의 공격이 무의미함을 느끼게 된다.

침묵은 그들의 말을 무시하는 가장 효과적인 방법이다. 말을 하려는 충동이 들 때, 잠시 멈추고 그저 침묵을 유지해보라.
상대방은 당신의 무반응에 스스로 당황할 것이다. 침묵은 당신이 그들의 공격에 영향을 받지 않는다는 것을 보여주는 강한 메시지다.

여섯 번째, 생각할 거리를 주고 떠나기

마지막으로, 그들에게 생각할 시간을 주고 자리를 떠나는 것도 좋은 방법이다. 그들의 모욕적인 말에 맞서 더 이상 대화할 필요가 없음을 알리는 것이다.

간단한 말 한마디로 상황을 마무리하고, 자리를 떠나라. 예를 들어, "한 번 생각해보길 바라."와 같은 말로 대화를 끝맺고 자리를 떠나면, 그들은 당신의 의연함에 대해 생각하게 될 것이다.

이것은 당신이 상황을 통제하고 있음을 다시 한 번 강조하는 방법이다.

모욕적인 상황에 처했을 때, 우리는 종종 감정에 휘둘려 부적절하게 반응하곤 한다. 하지만 위의 여섯 가지 방법을 통해, 우리는 더 당당하고 지혜롭게 대처할 수 있다.

그들의 무례한 행동에 동요하지 않고, 오히려 상황을 자신에게 유리하게 이끌 수 있는 방법들이다. 중요한 것은, 당신이 어떤 반응을 선택하느냐에 따라 그들이 당신을 어떻게 대할지 결정된다는 점이다.
당신의 가치는 그들의 말로 인해 손상되지 않는다. 오히려 당신의 대응이 당신의 가치를 더욱 빛나게 할 것이다.

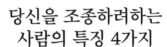

당신을 조종하려하는
사람의 특징 4가지

 어느 날, 친하게 지내던 친구가 돈을 빌려달라고 부탁했다. 그 친구는 여러 가지 이유를 대며, 얼마나 힘든 상황에 처해 있는지 설명했다.

 처음엔 당연히 도와주고 싶은 마음이 들었고, 그 부탁을 들어주었다. 하지만 시간이 지나도 돈을 돌려줄 기미가 없었다.

 오히려 그 친구는 더 많은 도움을 요청하며, 자신의 어려움을 강조했다. 문득 그 친구가 나의 친절함을 이용하고 있다는 생각이 들었다.

 당신이라면 어떻게 할 것인가? 그리고 나를 조종하려는 사람들은 어떤 특징을 가지고 있을까?

첫 번째, 감정을 무기로 활용한다

조종하는 사람들은 타인의 감정을 무기로 삼아 자신이 원하는 것을 얻으려 한다. 그들은 상대방의 친절함이나 동정심을 교묘하게 이용한다.

예를 들어, 돈을 빌려달라고 부탁하면서 자신이 얼마나 힘든 상황에 처해 있는지를 강조한다. 이때 그들은 자신이 정말로 힘들기 때문에 당연히 도와줘야 한다는 식으로 상대방을 몰아간다.

하지만 정작 돈을 돌려줄 계획은 없다. 그들의 목표는 단지 자신의 필요를 충족시키기 위한 것이지, 상대방의 친절함에 대한 감사가 아니다.

이들은 상대방이 불쌍하게 느끼도록 만들어 자신을 유리한 위치에 두고, 이를 통해 지속적으로 조종하려 한다.

두 번째, 감정적 조종

감정적 조종은 상대방이 느끼는 유죄감이나 두려움을 이용해 그들을 통제히는 방식이다. 예를 들어, 누군가가 관계를 끝내려고 할 때, 상대방을 위협하기 위해 자해를 시도하는 경우가 있다.

이런 행동은 상대방이 자신을 떠나지 못하게 만들려는 의도에서 비롯된다.

상대방이 자신을 떠나려 하면, 그들은 극단적인 행동을 통해 상대방의 죄책감을 자극하고, 결국 그들을 붙잡아두려 한다.

이런 감정적 조종은 매우 파괴적이며, 상대방이 자유롭게 결정을 내리는 것을 방해한다. 조종자는 상대방이 자신에게 의존하게 만들고, 그 의존성을 이용해 자신의 목적을 달성하려 한다.

세 번째, 재정적 착취

재정적인 측면에서도 조종은 발생한다. 조종자는 자신의 이익을 위해 상대방을 경제적으로 착취하려 한다. 예를 들어, 부모가 자식에게 돈을 주도록 압박하는 경우가 있다.

부모가 자식에게 자신이 얼마나 힘든지, 돈이 필요하다는 것을 강조하며 압박을 가할 때, 자식은 이를 거절하기 어려워진다. 이런 재정적 착취는 가족 간에도 빈번하게 일어날 수 있으며, 관계에 큰 균열을 일으킨다.

 조종자는 상대방의 경제적 지원을 당연하게 여기고, 이를 통해 자신의 필요를 충족시키려 한다. 결국, 재정적 착취는 상대방의 경제적 자유를 빼앗고, 지속적으로 그들을 통제하려는 의도로 이어진다.

 조종자는 때때로 상대방을 거짓된 비난으로 공격해 그들을 통제하려 한다. 예를 들어, 직장에서 동료를 부당하게 비방하는 경우가 있다.
 그들은 상대방이 하지 않은 일을 비난하며, 상대방이 죄책감을 느끼도록 만든다.

 이를 통해 그들은 자신이 더 우위에 있다고 느끼게 되고, 상대방은 그들의 조종에 굴복하게 된다. 거짓된 비난은 상대방의 자존감을 무너뜨리고, 그들이 자신을 방어할 기회를 빼앗아버린다.
 이 과정에서 조종자는 자신이 옳다는 것을 강하게 주장하며, 상대방이 더 이상 저항하지 못하도록 만든다.

조종하려는 사람들의 특징은 이처럼 타인의 감정, 재정, 그리고 신뢰를 악용하는 것이다. 그들은 자신의 이익을 위해 상대방을 통제하고, 그들의 친절함을 이용한다.

이런 조종에서 벗어나기 위해서는, 그들의 행동을 인지하고, 자신을 보호하는 것이 필요하다. 그들의 조종에 넘어가지 않고, 당당하게 자신의 입장을 지키는 것이 중요하다.

우리는 모두 자신의 삶을 살아갈 권리가 있으며, 그 누구도 우리의 선택과 감정을 조종할 수 없다. 이 점을 잊지 말고, 스스로를 지키며 살아가야 한다.

나의 기분을 지키는 8가지 지혜

어느 날, 평소에 좋게 생각했던 사람과의 대화에서 갑작스레 상처받은 적이 있었다.

항상 친절하고 웃으며 다가오던 그 사람이, 뒤에서 내 이야기를 험담했다는 사실을 알게 되었을 때의 그 충격은 이루 말할 수 없었다.

이처럼, 삶 속에서 우리의 기분을 지키는 것은 생각보다 쉽지 않다. 하지만 몇 가지 지혜를 마음에 새긴다면, 우리는 좀 더 단단하게, 그리고 현명하게 살아갈 수 있을 것이다. 여덟 가지 지혜를 통해 나의 기분을 지키는 방법을 알아보자.

첫 번째, 모든 사람에게 좋게 말하는 사람을 믿지 말라.

세상에는 항상 좋은 말만 하는 사람들이 있다. 그들은 누구에게나 친절하게 대하고, 어느 자리에서도 긍정적인 말을 아끼지 않는다. 하지만 모든 사람에게 좋게 말하는 사람이 정작 내 편이 될지는 의문이다.

진정한 관계는 때로는 불편한 진실도 말해줄 수 있는 사람이 있는 곳에서 만들어진다.

모든 사람에게 좋게 말하는 사람을 맹목적으로 믿기보다는, 그들의 행동과 말 사이의 일관성을 살펴보아야 한다. 진실된 사람은 꼭 달콤한 말로만 다가오지 않는다.

두 번째, 아침에 생각하고, 낮에 행동하며, 저녁에 식사하고, 밤에 잠을 자라.

하루를 균형 있게 보내는 것은 매우 중요하다. 아침에는 신선한 마음으로 하루를 계획하고, 낮에는 그 계획을 실천하며, 저녁에는 하루의 피로를 맛있는 식사로 달래야 한다. 밤에는 모든 것을 내려놓고 푹 잠을 자라.

이 간단한 생활 리듬을 유지하는 것이 나의 기분을 지키는 기본이다. 생각할 때와 행동할 때를 명확히 구분하고, 하루를 규칙적으로 보내면, 마음의 평화가 자연스럽게 찾아온다.

세 번째, 정원과 도서관이 있으면 모든 것을 가진 것이다.

자연과 책은 삶의 깊이를 더해주는 두 가지 중요한 요소다. 정원은 우리의 마음을 치유하고, 도서관은 우리의 지혜를 풍부하게 한다. 아름다운 정원에서 시간을 보내고, 조용한 도서관에서 책을 읽으며 지식을 쌓는 것은, 어떤 물질적 소유보다도 가치 있는 일이다. 이 두 공간에서 우리는 삶의 균형을 찾고, 내면의 평화를 유지할 수 있다. 결국, 우리의 마음을 풍요롭게 만드는 것은 자연과 지식의 힘이다.

네 번째, 시간이 날 때마다 책을 읽어라.

항상 문구가 적힌 물건을 가지고 다니고, 아무도 볼 수 없을 때 그것을 읽어라. 책은 언제나 우리의 친구가 되어준다.

시간이 날 때마다 책을 읽는 습관을 들이면, 삶의 복잡함 속에서도 균형을 유지할 수 있다. 항상 문구가 적힌 물건, 예를 들면 작은 노트나 메모장을 가지고 다니며, 짧은 글이라도 틈틈이 읽어보라.

아무도 보는 사람이 없는 시간에 조용히 읽는 것은, 나만의 비밀스러운 휴식 시간이 될 것이다. 이렇게 작은 습관들이 모여, 나의 기분을 지키는 큰 힘이 된다.

다섯 번째, 당신의 문제를 듣는 사람들의 90%는 신경 쓰지 않으며, 나머지 10%는 당신이 겪고 있는 문제를 기뻐한다.

인생에서 마주하는 문제들을 타인에게 털어놓고 싶을 때가 있다. 하지만 냉정하게도 대부분의 사람들은 당신의 문제에 큰 관심이 없다.

오히려, 소수의 사람들은 그 문제를 기회로 삼아 당신의 불행을 즐길지도 모른다. 그래서일까, 문제를 쉽게 타인에게 이야기하기보다는 스스로 해결하려는 노력이 필요하다.

나의 문제를 나 자신이 먼저 받아들이고 해결하려는 태도가, 나의 기분을 지키는 방법이다.

여섯 번째, 말하기 전에 말의 의미를 먼저 배워라.

언어는 힘이 있다. 그 힘은 때로는 치유의 힘이 되지만, 잘못 사용되면 상처가 되기도 한다. 말을 하기 전에, 그 말이 어떤 의미를 가지는지, 상대방에게 어떻게 다가갈지를 생각해보라.

신중하게 선택한 말은 관계를 깊게 만들고, 나아가 나의 기분을 긍정적으로 유지하게 만든다.

말은 우리의 감정을 반영하며, 그 감정은 다시 우리의 기분에 영향을 미친다. 그렇기 때문에, 말의 힘을 존중하고, 그 의미를 깊이 생각해야 한다.

일곱 번째, 모든 고통은 잘못된 장소에 있는 것에서 비롯된다. 현재 있는 곳이 행복하지 않다면, 다른 곳으로 이동하라.

지금 내가 있는 곳에서 행복을 느끼지 못한다면, 과감히 그 자리를 떠나는 용기가 필요하다.

모든 고통은 내가 잘못된 장소에 있을 때 시작된다. 잘 맞지 않는 자리에서 억지로 버티기보다는, 나에게 맞는 자리를 찾아 나서는 것이 현명하다.

이사를 가거나, 새로운 사람들을 만나거나, 심지어는 직업을 바꾸는 등의 변화가 필요할 때가 있다. 나의 행복을 위해, 내가 머무는 곳을 바꾸는 것도 중요한 선택이다.

여덟 번째, 신중하게 위험을 감수하라.

이는 무모함과는 다르다. 삶은 때때로 위험을 감수해야 할 필요가 있다. 하지만 그 위험이 무모한 도전이 되어서는 안 된다.

신중하게 계획하고, 충분히 생각한 후에 내리는 결정은, 더 큰 성취감을 가져다준다.

위험을 감수하는 것은 두려운 일이지만, 그만큼 성장할 수 있는 기회를 제공한다. 나의 기분을 지키기 위해서는, 때로는 도전하고 모험하는 용기가 필요하다. 단, 그 과정에서 신중함을 잃지 않는 것이 중요하다.

이 여덟 가지 지혜는 우리가 일상 속에서 나의 기분을 지키고, 더 나은 삶을 살아가는 데 도움을 준다. 삶은 결코 쉽지 않지만, 그 속에서 나 자신을 잃지 않고 지키는 방법을 아는 것이 중요하다.

우리 모두는 더 나은 오늘을 살아갈 자격이 있으며, 이 지혜를 통해 자신의 삶을 더 단단히 지켜나가길 바란다.

거짓말을 간파하는 5가지 방법

언젠가 친구와의 대화 중에 이상한 점을 느낀 적이 있을 것이다. 분명 서로의 이야기를 나누고 있었는데, 뭔가 어색하고 부자연스럽게 느껴졌다.

그 순간, '혹시 지금 거짓말을 하고 있는 걸까?'라는 생각이 스쳤을지도 모른다.

거짓말을 간파하는 것은 결코 쉽지 않지만, 몇 가지 방법을 익히면 상대방의 진실을 파악하는 데 도움이 될 수 있다. 다음은 거짓말을 간파하는 다섯 가지 방법이다.

첫 번째, 불일치를 찾아라

거짓말을 하는 사람은 이야기를 지어내기 때문에, 그 말 속에 불일치가 생기기 마련이다.

예를 들어, 처음에는 일을 해야 했다고 말했는데, 나중에 그 일이 중요한 일이 아니었다는 식으로 말을 바꾼다면 그 자체가 의심스러운 신호다.

이런 불일치는 무심코 지나가기 쉽지만, 대화를 주의 깊게 듣고 있다면 그들이 말하는 내용 중에서 앞뒤가 맞지 않는 부분을 찾아낼 수 있다.

특히, 작은 디테일이 엇갈릴 때, 그들은 방어적이 되거나 당황하는 모습을 보일 수 있다. 이런 순간이 바로 그들의 거짓말을 의심할 타이밍이다.

두 번째, 예상치 못한 질문을 던져라

거짓말을 하는 사람은 자신의 이야기를 미리 준비해오는 경우가 많다. 그들은 자신이 말할 내용에 대해 충분히 생각하고 준비했을 가능성이 크다.

하지만 그들이 예상하지 못한 질문을 받았을 때는 준비된 이야기에서 벗어나기 때문에 혼란에 빠질 수 있다.

예를 들어, "그때 정확히 몇 시였지?"와 같은 질문을 던져보라. 그들이 이 질문에 즉각적으로 답하지 못하거나, 갑자기 말을 더듬는다면, 그것은 거짓말의 징후일 수 있다.

준비되지 않은 질문은 그들의 이야기를 뒤흔들 수 있으며, 진실을 드러나게 할 수 있는 강력한 도구다.

세 번째, 행동의 변화를 주목하라

사람의 행동은 거짓말을 할 때 종종 변한다. 평소에 불안해 보이던 사람이 갑자기 차분해지거나, 반대로 차분했던 사람이 갑자기 불안해 보인다면, 이는 거짓말의 신호일 수 있다.

예를 들어, 항상 말이 빠르고 자신감 있게 말하던 사람이 갑자기 말을 더듬거나 시선을 피하는 경우, 그들의 변화된 행동을 눈여겨 봐야 한다.

거짓말을 하는 사람은 자신의 감정을 숨기기 위해 평소와 다른 행동을 보일 수 있다. 그들이 의도적으로 평정을 유시하려고 노력하는 모습이나, 반대로 감정을 억제하지 못하는 모습은 거짓말의 징후일 수 있다.

네 번째, 시선과 비언어적 신호를 관찰하라

거짓말을 하는 사람은 종종 시선을 피하거나 불안한 몸짓을 보인다. 이는 그들이 진실을 숨기기 위해 자신도 모르게 나타내는 행동이다.

예를 들어, 대화를 나누는 동안 상대방이 자꾸 눈을 피하거나, 평소보다 눈을 자주 깜빡이는 경우, 그들의 정직성을 의심해볼 필요가 있다.

또 다른 예로, 땀을 흘리거나 손을 계속해서 움직이는 것도 거짓말을 하고 있을 때 나타날 수 있는 신체 반응이다.

이런 비언어적 신호들은 그들이 자신이 말하는 것에 대해 얼마나 불안해하고 있는지를 보여준다.

다섯 번째, 너무 많은 디테일을 경계하라

거짓말을 하는 사람은 종종 너무 많은 디테일을 제공한다. 그들은 자신이 거짓말을 하고 있다는 것을 감추기 위해 이야기의 디테일을 과도하게 설명한다.

예를 들어, 단순히 "나 그때 친구랑 있었어"라고 말할 수 있는 상황에서, "우리는 몇 시에 만났고, 어디에 갔고, 그곳에서 뭘 먹었고…" 등의 세부 사항을 지나치게 자세히 설명한다면, 이는 오히려 그들이 진실을 감추기 위해 이야기를 꾸며냈다는 신호일 수 있다.

복잡한 거짓말을 꾸며내기 위해 과도한 디테일을 더하는 것은, 그들이 거짓말을 통해 자신을 방어하고자 하는 심리적 반응이다.

이 다섯 가지 방법은 상대방이 거짓말을 하고 있는지 간파하는 데 큰 도움이 될 수 있다.
물론, 이런 신호들만으로 상대방을 단정 짓는 것은 위험할 수 있지만, 이런 징후들을 통해 그들의 말 속에 진실이 얼마나 담겨 있는지를 판단할 수 있다.

사람들은 다양한 이유로 거짓말을 한다. 때로는 자신을 보호하기 위해서, 때로는 상황을 유리하게 이끌기 위해서, 그리고 때로는 단순히 상대방을 속이기 위해서다.

 하지만 중요한 것은, 이런 신호들을 알아차리고 상대방의 말과 행동을 보다 신중하게 살펴보는 것이다. 우리의 직감은 종종 중요한 진실을 드러내는 첫 번째 경고음이다.

 상대방의 말이 불편하거나 의심스러울 때, 이 다섯 가지 방법을 떠올려 보라. 그러면 더 이상 그들의 거짓말에 속지 않고, 진실을 파악하는 데 한 걸음 더 가까워질 수 있다.

당신을 괴롭히려는
사람을 마주쳤을 때

자신을 불편하게 하려는 의도를 가진 사람을 마주한 적이 있을 것이다. 그들이 던진 말 한마디가 당신의 하루를 망치려는 듯한 기분이 들 때, 대부분은 그 상황에서 어떻게 대처해야 할지 몰라 당황하게 된다.

하지만 이런 상황에서도 당신의 감정을 지키며 당당하게 대처할 수 있는 몇 가지 방법이 있다.

우선, 그들의 의도를 간파하고 눈을 마주치며 "당신은 나를 기분 나쁘게 하려고 노력하는 것 같네요. 잘 되고 있나요?"라고 말

해보라.

이 간단한 한마디는 그들의 전술을 무력화하는 데 매우 효과적이다. 이 질문은 그들이 당신에게 주려는 상처를 의도적으로 무시하고, 오히려 그들이 하는 행동의 의미를 되돌아보게 만든다.

대부분의 경우, 그들은 이런 반응을 예상하지 못해 당황하거나 자신의 행동을 되돌아보게 될 것이다.

이와 함께 사용할 수 있는 추가적인 두 가지 대처 방법은 다음과 같다.

침착하게, 그러나 단호하게 대응하기

괴롭히는 사람에게는 단호한 태도로 경계를 설정하는 것이 중요하다. 그들이 공격적인 말이나 행동을 할 때, "이런 식의 대화는 받아들일 수 없어요"라고 말해보라.

이는 감정적으로 반응하지 않고도 자신의 입장을 명확히 전달하는 방법이다. 이 과정에서 중요한 것은 침착함을 유지하며 상대방에게 휘둘리지 않는 것이다.

당신이 감정적으로 흔들리지 않는 모습을 보일 때, 그들은 더 이상 당신을 쉽게 조종할 수 없다는 사실을 깨닫게 된다

때로는 반응하지 않는 것이 가장 강력한 대처 방법이 될 수 있다. 괴롭히는 사람은 당신이 감정적으로 반응하기를 기대한다.

그들의 기대를 저버리고 침묵으로 대응하거나 그 자리를 떠나보라.
예를 들어, 그들이 말을 걸어올 때 그저 무시하고, 물리적으로 거리를 두는 것이다.

이는 그들이 원하던 반응을 얻지 못하게 하여, 그들의 힘을 약화시킨다. 이 방법은 그들이 더 이상 당신을 괴롭히는 것이 무의미하다는 것을 느끼게 만들 수 있다

이 세 가지 대처 방법—정확한 질문 던지기, 침착하면서도 단호한 대응, 그리고 침묵과 물리적 거리 두기는 괴롭힘을 당했을 때 당신이 스스로를 보호하고, 상황을 주도적으로 이끌어가는 데 큰 도움이 될 것이다.

중요한 것은, 당신이 상황을 통제할 수 있다는 자신감을 가지는 것이다. 이렇게 하면 그들은 더 이상 당신을 상처 입히는 것이 쉽지 않다는 것을 깨닫게 될 것이다.

스트레스를 이겨내는
5가지 효과적인 방법

 하루를 살아가면서 스트레스를 피할 수 있는 사람은 거의 없다.
 아침에 눈을 뜨자마자 밀려오는 일들의 압박감, 직장 동료와의
갈등, 그리고 예상치 못한 사건들까지, 스트레스는 우리 삶의 곳
곳에 자리하고 있다. 간단하게 관리할 수 있는 방법 5가지를 소개
하겠다.

첫 번째, 박스 호흡법

 한 번쯤 긴장된 순간에 숨이 가빠지고, 마음이 어지러운 경험이 있
을 것이다. 이럴 때 박스 호흡법이 큰 도움이 된다.

이 방법은 네 단계로 나뉜다. 먼저 4초 동안 천천히 숨을 들이마신다.

그다음 4초 동안 숨을 멈춘다. 그리고 4초 동안 천천히 숨을 내쉰 후, 다시 4초 동안 숨을 멈춘다. 이 과정을 반복하면 호흡이 안정되면서 마음도 차분해진다.

박스 호흡법은 몸의 긴장을 풀고, 즉각적인 스트레스 해소에 효과적이다. 언제 어디서나 할 수 있으니, 긴장될 때마다 이 방법을 시도해보라.

두 번째, 점진적 근육 이완

스트레스가 쌓이면 몸이 무거워지고, 근육이 경직되기 쉽다. 이럴 때는 점진적 근육 이완 기법을 사용해보라. 이 방법은 각 근육을 5초 동안 긴장시켰다가 천천히 이완하는 것이다.

머리부터 시작해 목, 어깨, 팔, 손, 복부, 다리, 발까지 차례로 근육을 긴장시키고 풀어준다. 예를 들어, 주먹을 꽉 쥐고 5초 동안 유지한 후, 천천히 풀어준다.

이 과정을 반복하면 몸의 긴장이 풀리고, 마음도 함께 편안해진다. 스트레스로 인해 굳어진 몸을 풀어주는 이 방법은 특히 일과 중간에 짧은 휴식을 취할 때 유용하다.

세 번째, 5-4-3-2-1 방법

스트레스가 극에 달할 때, 마음을 진정시키는 데 어려움을 겪는 경우가 많다. 이때 5-4-3-2-1 방법을 사용하면 도움이 된다.

이 방법은 감각을 통해 현재에 집중하게 만들어 스트레스를 완화시킨다. 먼저, 주변에서 보이는 다섯 가지 물체를 찾아본다. 그다음, 만질 수 있는 네 가지 물체를 손으로 느껴본다.

세 가지 들리는 소리를 집중해서 들어본 후, 두 가지 냄새를 맡아본다.

마지막으로, 입에서 느껴지는 한 가지 맛을 음미한다. 이 방법은 스트레스 상황에서 마음을 차분하게 만들어 주며, 긴장을 완화하는 데 탁월하다.

네 번째, 차가운 물로 세수하기

긴장과 스트레스가 심할 때, 차가운 물로 얼굴이나 손목을 씻어 보라.

차가운 물이 피부에 닿으면, 즉각적으로 신경계가 자극되어 심박 수를 낮추고, 긴장을 완화하는 효과가 있다.

이는 특히 스트레스가 극심한 순간에 즉각적으로 마음을 진정시 키는 데 도움이 된다. 손목이나 얼굴에 차가운 물을 뿌리면 혈액순 환이 개선되고, 몸과 마음이 빠르게 안정된다.

간단하지만 매우 효과적인 이 방법은 특히 사무실이나 집에서 손 쉽게 실천할 수 있다.

다섯 번째, 파워 포즈 취하기

마지막으로, 스트레스를 이겨내t기 위해 몸의 자세를 바꾸는 방 법을 소개한다. 파워 포즈를 취하면 몸과 마음이 동시에 강해진다. 양손을 허리에 얹고, 어깨를 펴고, 당당하게 2분 동안 서 있어보라.

이 자세는 몸의 호르몬 분비를 변화시켜, 자신감을 높이고 스트레 스를 낮추는 데 도움을 준다.

파워 포즈는 중요한 회의나 발표 전에 자신감을 높이고, 마음을 다잡는 데도 효과적이다. 가끔은 몸의 자세 하나만으로도 마음의 상태를 바꿀 수 있다.

몸과 마음은 당신의 가장 소중한 자산이다. 작은 변화가 큰 차이를 만든다. 스트레스가 몰려올 때마다, 이 방법들을 하나씩 시도해보며 자신만의 평화로운 공간을 만들어가길 바란다. 당신은 그럴 자격이 충분하다.

일상 속 조종 발언들

친구와 대화를 나누던 중 "너는 항상 그런 식이야"라는 말을 들었을 때, 마음 깊은 곳에서 울컥했던 적이 있지 않은가? 나의 성격이나 행동을 한두 마디로 규정짓는 그 말이 왠지 모르게 마음에 걸린다.

누군가에게 반복적으로 이런 말을 듣다 보면, 어느 순간 자신이 정말로 그럴지도 모른다는 생각이 들기 시작한다. 이것이 바로 일상 속에서 경험하는 '조종 발언'의 전형적인 예다.

조종 발언은 상대방의 감정과 행동을 미묘하게 조작하기 위한 수

단으로 사용된다. 겉으로는 단순한 의견 교환이나 걱정처럼 보일 수 있지만, 그 이면에는 상대방의 자존감을 깎아내리고 자신의 영향력을 강화하려는 의도가 숨어 있다.

 이러한 발언은 일상 속에서 너무나도 자연스럽게 발생하며, 때로는 그것이 조종이라는 사실조차 인식하지 못한다.

 예를 들어, 누군가가 "모두가 나와 동의해"라고 말했을 때, 그 말은 마치 모든 사람이 나와는 다른 의견을 가지고 있으며, 내가 잘못되었다는 압박감을 준다. 이는 '사회적 증명'이라는 심리적 원리를 이용한 조종이다.

 다른 사람들이 모두 그렇다면, 나도 그래야 한다는 무언의 압박을 느끼게 만든다. 이 과정에서 자신의 생각이나 의견은 점점 퇴색되고, 결국 상대방의 주장에 따르게 되는 것이다.

 또 다른 예로 "나는 네 안전을 위해서 이렇게 했어"라는 발언이 있다. 이 말은 마치 상대방을 위한 최선의 선택을 했다는 듯하지만, 실제로는 상대방의 행동이나 결정을 통제하려는 시도일 수 있다.

 이 발언을 들은 사람은 자신이 잘못된 선택을 할 수 있는 사람이라는 불안감을 느끼게 되고, 결국 자신의 결정을 내려놓고 상대방의 선택에 의존하게 된다.

"너는 절대로 ~하지 않아"와 같은 말도 조종 발언의 일종이다. 이 말은 상대방을 특정 틀에 가두는 힘이 있다. 마치 내가 어떤 일을 시도해도 실패할 것이 분명하다는 부정적인 이미지를 심어준다.

이러한 반복적인 부정은 결국 스스로를 제한하고, 발전의 가능성을 차단하는 결과를 초래할 수 있다.

가장 무서운 조종 발언 중 하나는 "내가 너한테 이런 일을 해주다니 믿을 수가 없어"이다. 겉으로는 상대방을 위한 희생처럼 보이지만, 실상은 상대방에게 죄책감을 심어주고, 그에 대한 보상을 기대하게 만든다.

상대방은 스스로에게 부여된 의무감에 사로잡혀 더 이상 자신의 의지로 행동하지 못하게 된다.

이러한 조종 발언들은 듣는 이에게 불편함과 혼란을 주며, 자존감을 흔들어놓는다. 스스로의 생각과 감정을 믿지 못하게 만들고, 타인의 말에 의존하게 만드는 이 발언들은 우리의 일상에서 너무

나도 쉽게 등장한다.

 하지만 이런 말을 들었을 때는 잠시 멈추고, 그 이면에 숨겨진 의도를 생각해보는 것이 중요하다. 자신의 감정과 생각이 왜곡되고 있다는 신호를 인식하는 것이 그 첫걸음이다.

 스스로의 감정을 존중하고, 타인의 말에 휘둘리지 않는 것이 중요하다. 타인이 나를 규정짓거나 나의 결정을 대신할 수 없다는 것을 명심해야 한다.
 조종 발언에 흔들리지 않기 위해서는 자신의 내면에 귀를 기울이고, 타인의 말에 의해 자아가 흔들리지 않도록 단단히 중심을 잡아야 한다.

 삶의 모든 순간에서 자신의 생각과 감정을 믿고, 그것에 따라 행동하는 것은 어렵지만 중요한 일이다. 누군가의 말이 나를 조종하려한다면, 그 말을 곱씹어보고 그 안에 숨겨진 의도를 파악해야 한다.
 그리고 그 조종에 넘어가지 않기 위해 스스로의 길을 찾아가는 것이 필요하다. 그 길은 때로는 험난하고 혼란스러울 수 있지만, 결국 나 자신을 지켜내는 유일한 방법이다.

 조종 발언에서 벗어나 스스로를 지키는 길은 그 누구도 아닌, 오직 나만이 걸어갈 수 있다.

나의 생각, 나의 감정, 나의 결정을 존중하며 스스로의 삶을 온전히 살아가는 것, 그것이 진정한 자유다.

감정의 흑백논리에 빠지지말 것

회사 신입 시절, 중요한 발표를 마치고 나서 "나는 완전히 망쳤어"라는 생각에 사로잡혔던 경험이 있다. 발표가 끝나자마자 마음속에서 차오르는 자책감이 마치 거대한 파도처럼 밀려왔다.

그 순간, 마치 모든 것이 잘못되었다는 느낌이 나를 압도했다. 하지만 그 감정을 가만히 들여다보면, 사실 그 발표의 일부만이 내가 예상했던 대로 진행되지 않았을 뿐, 전체적으로는 괜찮았을 수도 있다.

그럼에도 불구하고 '망쳤다'라는 한 가지 생각이 모든 것을 흑백으로 갈라버렸다.

이처럼 우리는 감정이 커지면 종종 흑백논리에 빠진다. 작은 실수가 큰 실패처럼 느껴지고, 하나의 어려움이 전부를 무너뜨릴 것처럼 보인다.

"나는 형편없어"라든지, "이건 무의미해" 같은 생각이 그것이다. 이럴 때 우리는 사실을 있는 그대로 보지 못하고, 감정의 극단으로 치닫기 쉽다. 모든 것을 좋거나 나쁘다는 두 가지 색으로만 보는 것이다.

그러나, 이런 흑백논리에서 벗어나는 방법이 있다. 그것은 바로 '부분적 언어'를 사용하는 것이다. 예를 들어, "나는 형편없어"라고 단정짓는 대신 "내 안의 일부가 형편없다고 느껴"라고 표현해 보자.

이렇게 말하는 순간, 감정은 더 이상 나의 전부를 지배하지 않는다. 오히려 그 감정을 하나의 부분으로 분리해 바라볼 수 있게 되면서, 더 명확하고 객관적으로 상황을 이해할 수 있게 된다.

이런 접근은 흑백논리에 갇히지 않고, 자신의 감정을 보다 현실적으로 받아들이는 데 큰 도움이 된다. 그 결과, 감정의 소용돌이에 휩쓸려버리지 않고, 스스로를 지켜낼 수 있는 힘이 생긴다.

불안 역시 마찬가지다. 불안은 자주 우리가 처한 상황을 극단적으로 왜곡시킨다.

중요한 면접을 앞두고 있을 때 불안은 "이 면접에서 실패하면 모든 것이 끝날 거야"라는 생각을 만들어낸다. 이는 실제로 일어날 가능성이 낮은 상황을 과장하고, 나쁜 일이 발생할 확률을 과도하게 높이는 것이다.

그러나 사실은 그 면접이 잘못된다고 해서 모든 것이 끝나는 것은 아니다. 우리는 실패를 극복하고, 다시 도전할 수 있는 힘을 가지고 있다.

이럴 때 필요한 것은 두 가지를 동시에 확인하는 것이다. 첫째, 어떤 일이 일어나더라도 나는 그것을 대처할 수 있다. 둘째, 내가 생각하는 최악의 시나리오가 발생할 확률은 실제로 매우 낮다.

이 두 가지를 마음속에 새기면, 불안이 나를 지배하지 못하게 된다. 오히려 불안은 현실을 준비하는 데 도움을 줄 수 있는 에너지로 바뀐다.

감정에 휩싸였을 때, 우리는 그것이 우리의 전부라고 느끼기 쉽다. 하지만 그 감정은 내 안의 작은 일부일 뿐이나. 그것이 내 삶의 모든 것을 정의하지는 않는다.

 어떤 순간에 자신이 완전히 망쳤다고 느낄지라도, 그 느낌은 그저 지나가는 구름과 같은 것이다. 구름이 지나고 나면 다시 맑은 하늘이 나타난다.

 일상 속에서 크고 작은 감정의 파도는 계속해서 찾아올 것이다.

 그 파도가 덮칠 때마다 스스로를 지키기 위해 할 수 있는 것은 감정을 전체로 받아들이기보다는, 그 일부로 받아들이는 것이다. 그리고 그 감정이 지나가도록 내버려 두는 것이다.

 나의 일부가 불안할 수 있다. 나의 일부가 형편없다고 느낄 수 있다. 하지만 그것이 나의 전부는 아니다. 내 안에는 그것을 넘어서는 더 큰 부분이 있다. 그 부분이 나를 이끌고, 내가 다시 나아갈 수 있도록 해준다.

 당신도 마찬가지다. 당신의 감정은 중요한 부분이지만, 그 감정이 당신을 규정짓지는 않는다.

감정에 휘둘리지 말고, 그 감정을 마주하되 전체로 받아들이지 않는 방법을 익혀보자. 흑백논리에서 벗어나, 보다 넓고 다양한 색깔로 삶을 바라보는 그날을 위해.

속 이야기를 믿을만한
사람에게 털어놓으세요

마음속 깊이 숨겨둔 무언가가 견딜 수 없을 만큼 무겁게 느껴질 때. 그럴 때 우리는 그것을 혼자 감당하려 애쓴다.

"괜찮아질 거야", "시간이 해결해 줄 거야"라고 스스로를 다독이며, 이 감정을 누구에게도 말하지 않기로 다짐한다.

하지만 시간이 흐를수록 그 무게는 줄어들지 않고, 오히려 더 커지는 것 같다. 그것이 바로 '수치'다. 수치는 어둠 속에서 자라고, 침묵 속에서 힘을 얻는다.

어떤 일이든, 그 상황이 아무리 힘들고 부끄럽더라도 그것을 말하지 않고 묻어둔다면 수치는 점점 더 커진다. 마치 방 안의 작은 그림자가 점점 커져서 방을 가득 채우는 것처럼.

우리는 그 무게에 눌려 점점 더 움츠러들고, 세상과 멀어지며 혼자 남게 된다.

그러나, 그 그림자를 없애는 방법이 있다. 그것은 바로 이야기하는 것이다. 믿을 만한 사람에게, 내 속에 있는 것을 꺼내 보이는 것이다. 이것은 결코 쉬운 일이 아니다.
용기가 필요한 일이다. 마음을 열고, 자신의 상처를 드러내는 일은 두렵고 불안하다.

상대가 나를 어떻게 볼지, 내가 약해 보이지는 않을지 걱정하게 된다. 하지만 그 두려움을 넘어섰을 때, 우리는 비로소 진정한 치유의 길로 나아갈 수 있다.

수년 전, 친구와 오랜만에 만나 이야기를 나누던 중, 문득 나는 그동안 숨겨왔던 한 가지 이야기를 꺼냈다. "사실, 나 요즘 너무 힘들어."

말이 끝나기가 무섭게 눈물이 터져 나왔다. 내가 그렇게 느낀 이유와 그동안의 어려움을 설명하는 동안 친구는 아무 말 없이 내 말을 들어주었다. 그리고 친구의 첫 마디는 이랬다. "너무 힘들었겠네. 네가 이렇게 말해줘서 고마워."

그 순간, 나는 마치 가슴 속에 얹혀 있던 돌이 사라지는 느낌을 받았다.
 이야기하는 것만으로도 그렇게 가볍고 편안해질 수 있다는 것을 그때 처음 알았다. 나의 고통이 나만의 것이 아니라는 사실이 큰 위로가 되었다.

 이야기한다는 것은 나의 상처를 타인에게 전하는 행위다. 그 상처는 말로 표현하는 순간 더 이상 나를 속박하지 못하게 된다. 그것은 더 이상 어둠 속에서 나를 지배하지 않는다. 오히려 빛 속에서 그 모습을 드러내며 치유될 기회를 얻는다.

 때로는 우리가 가장 힘든 순간에 필요한 것은 누구에게도 말하지 못할 것 같은 이야기를 안전한 사람에게 털어놓는 것이다.

 그 사람이 가족일 수도 있고, 친구일 수도 있으며, 심지어는 처음 만나는 상담가일 수도 있다. 중요한 것은 그 사람이 나를 판단하지 않고, 온전히 내 이야기를 들어줄 수 있는 사람이라는 점이다.

 그리고 그 이야기를 나누는 순간, 우리는 더 이상 혼자가 아니다. 나의 아픔을 나눌 사람이 있다는 사실이 나를 지탱해준다.

 그 사람과 함께라면, 이겨낼 수 있다는 자신감이 생긴다. 그 자신 감은 내 삶의 많은 부분을 변화시킨다. 더 이상 두려움에 갇혀 있 지 않고, 더 이상 혼자 외롭게 아파하지 않는다.

 세상에 완벽한 사람은 없다. 누구나 아프고, 누구나 상처받는다. 그러나 그 상처를 혼자 껴안고 있을 필요는 없다. 때로는 그 상처 를 꺼내어, 믿을 수 있는 누군가에게 이야기하는 것이 우리가 할 수 있는 가장 용기 있는 행동이다. 그 용기는 수치를 이겨내고, 우 리를 어둠에서 빛으로 이끌어 줄 것이다.

 삶의 어느 순간, 당신이 혼자서 감당하기 어려운 무게를 느낄 때 가 올 것이다. 그때, 잠시 멈추고 자신에게 연민을 가져보자. 그리 고 당신이 믿을 수 있는 사람에게 마음을 열어보자.

 당신이 지금 이 순간 할 수 있는 가장 용기 있는 행동일 것이다. 그 작은 용기가 당신을 구할 것이다.

어린 시절 트라우마

어린 시절, 누구보다도 최선을 다했지만, 부모님의 눈에는 항상 부족해 보였던 것 같았다. 작은 실수에도 큰 꾸중을 듣고, 기대에 부응하지 못할까 봐 늘 전전긍긍했다.

어쩌면 반대로, 전혀 관심을 받지 못하고 스스로 모든 것을 해결해야 했던 경험도 있을지 모른다.

이처럼 너무 높은 기대치나 너무 적은 양육 속에서 자라온 경험은 어른이 된 후에도 깊은 흔적으로 남아 있다. 이러한 극단적인 환경에서 자란 사람들은 종종 자신에게 엄격한 기준을 적용하며 살아간다.

어린 시절, 부모의 높은 기대에 부응하기 위해 자신을 끊임없이 채찍질했던 기억이 남아, 이제는 스스로 그 역할을 하게 되는 것이다. 그 반대로, 아예 관심을 받지 못했던 사람은 자신의 기준을 세우지 못하고, 세상이 요구하는 잣대에 끊임없이 자신을 맞추려 노력하게 된다.

결국, 그들은 누구보다도 자신에게 가혹하게 굴며 완벽을 추구하거나, 자신을 끝없이 의심하며 끊임없는 불안 속에서 살아가게 된다.

성인이 되어 자신이 너무 엄격하게 살아가고 있다는 것을 깨닫는 순간, 그 뿌리가 어디에 있는지 돌아볼 필요가 있다.
왜 자신에게 그렇게도 높은 기준을 적용하게 되었을까? 혹시 어릴 적, 부모가 부여한 과도한 기대가 지금까지 영향을 미치고 있는 것은 아닐까?

또는 누구에게도 보호받지 못하고 스스로 모든 것을 해결해야 했던 어린 시절의 경험이 지금의 자신을 경직되게 만든 것은 아닐까?

A가 일주일 내내 열심히 일하고도 자신이 충분히 해내지 못했다고 느낀다고 가정해보자. 그래서 주말에도 쉬지 않고 일을 이어간다. 그에게는 어릴 적, "최선을 다해도 부족하다"라는 메시지를 끊임없이 들었던 기억이 있다.

이런 환경에서 자란 그는 스스로에게 "더 해야 해, 더 잘해야 해"라는 압박을 가하게 된다. 이처럼 극단적인 환경은 어릴 때뿐만 아니라 성인기에도 지속적인 영향을 미치며, 자신을 평가하는 기준을 왜곡시킨다.

또 다른 예로, 부모의 무관심 속에서 자라난 사람은 자신이 원하는 것을 명확하게 알지 못하고, 세상이 요구하는 것에 맞춰 자신을 계속해서 바꾸려 한다.

이들은 스스로를 방어하기 위해 만들어낸 '경직성'을 계속 유지하며, 자신이 어떤 상황에서도 문제를 해결할 수 있어야 한다고 믿는다. 하지만 이는 자신을 지치게 하고, 결국 자기 자신을 잃어버리게 만든다.

이제 성인이 된 우리는 어린 시절의 경직된 틀에서 벗어날 필요가 있다. 그것이 필요에 의해 만들어진 것임을 인정하되, 더 이상 현재의 나에게 유익하지 않음을 깨달아야 한다.

어린 시절의 상처가 지금도 영향을 미치고 있다면, 그 상처를 마주하고 치유할 시간을 가져야 한다. 자신에게 부여한 높은 기준이나 지나친 엄격함에서 벗어나, 더 유연하고 너그러운 시선으로 자신을 바라보는 법을 배워야 한다.

우리는 이제 더 이상 어린 시절의 환경에 묶여 있을 필요가 없다. 과거의 경험이 우리의 현재를 규정짓지 않도록, 지금 이 순간 자신을 돌보고 이해해주는 것이 중요하다.

어린 시절의 경직성을 풀어내고, 현재의 나를 있는 그대로 받아들이는 것이야말로 진정한 성숙이다.

어떤 어려움이든, 그것을 극복할 수 있는 힘은 내 안에 있다. 자신에게 더 많은 연민과 이해를 주며, 과거의 상처를 치유하는 시간을 가져보자. 그럴 때 비로소 우리는 과거에서 벗어나, 현재의 나로 살아갈 수 있을 것이다.

나를 사랑하는 방법

하루를 마치고 침대에 누워 생각에 잠긴다. "오늘도 별로 한 게 없네."라는 생각이 떠오른다. 이내 나 자신에 대한 실망감이 몰려오고, 무언가 잘못하고 있다는 느낌이 든다. 이런 경험, 누구나 한 번쯤은 해봤을 것이다.

자기 자신을 쉽게 비난하고, 부족함만을 떠올리며 잠에 드는 날들. 하지만, 사실 그 하루 속에서 우리가 잘 해낸 일들이 분명히 있었을 것이다. 그럼에도 우리는 그것들을 지나쳐버리곤 한다.

자기애를 키우기 위해 가장 먼저 해야 할 일은 우리가 잘 하고 있는 것들을 알아차리고, 그 중요성을 내면화하는 것이다.

하루가 끝날 때, 자신이 자랑스러워할 만한 세 가지를 떠올려보자. 그 세 가지는 작은 성취여도 좋다. 예를 들어, 오늘은 어렵게 느껴졌던 프로젝트를 잘 마무리했다거나, 친구의 고민을 들어주고 함께 시간을 보냈다거나, 또는 운동을 꾸준히 실천했다는 것일 수 있다.

그런 작은 성취들이 모여서 나를 이루고, 내가 하루를 의미 있게 살아냈음을 상기시킨다.

이 세 가지를 목록으로 작성하고, 그 목록을 찬찬히 들여다보자. 내가 해낸 일들, 내가 쌓아온 성취들. 그것들이 내게 어떤 의미가 있는지, 그리고 그것을 이루어낸 내가 얼마나 대단한지를 곱씹어보는 시간을 가져보자.

그 순간, 마음속 깊이 따뜻한 감정이 차오를 것이다. 그 감정은 단순한 기쁨이 아니라, 내 스스로를 인정하고 사랑하는 마음이다.

스스로를 비난하고, 부족함만을 느끼는 데 익숙해진 우리의 마음은 시간을 두고 점차 변해간다. 그 과정에서 우리는 스스로를 조금 더 따뜻한 시선으로 바라볼 수 있게 된다.

하지만, 이 과정은 단번에 이루어지지 않는다. 수년간 쌓여온 자기 비난과 부정적인 사고 패턴을 바꾸기 위해서는 인내심과 꾸준함이 필요하다. 마치 오랜 시간 굳어진 습관을 바꾸는 것처럼, 나자신을 사랑하는 마음도 매일매일 의도적으로 키워나가야 한다.

오늘 하루, 스스로를 칭찬하는 것이 어색하게 느껴지더라도 포기하지 말자. 시간이 지나면서 이 작은 변화들이 쌓여, 더 큰 자기애로 이어질 것이다.

기억해야 할 것은, 자기애는 거창한 목표가 아니라는 점이다. 자기애는 내가 매일 살아가는 과정 속에서 작은 부분을 인정하고, 그 안에서 행복을 찾는 일이다.

오늘 잘 해낸 일 세 가지를 떠올리는 것은 그 첫걸음이다. 그런 작은 습관들이 모여 우리의 마음을 더욱 단단하게 만들어줄 것이다.

자신을 사랑하는 과정은 결코 쉽지 않다. 우리는 종종 세상이 요구하는 완벽함에 맞추려 애쓰고, 그 속에서 스스로를 잃어버리곤 한다.

하지만 기억하자. 당신이 오늘 하루 동안 이룬 작은 성취들, 그 하나하나가 당신이라는 존재를 완성해가고 있다는 것을.

당신이 느끼는 모든 감정, 당신이 이루어낸 모든 일들은 결코 사소하지 않다. 그 모든 것이 당신이라는 사람을 빛나게 만든다.
어쩌면 지금 이 순간에도 마음속 깊이 묻어둔 아픔이 있을지 모른다. 그 아픔까지도 당신의 일부임을 받아들이고, 그 속에서 스스로를 더 따뜻하게 안아주자.

오늘 하루도 당신은 최선을 다했다. 그 사실만으로도 충분히 가치 있다. 더 이상 자신을 가혹하게 대하지 말고, 더 많은 사랑과 연민을 자신에게 베풀어보자.

매일 조금씩 나를 더 사랑하게 되는 그 과정을 통해, 당신은 어느새 자신이 얼마나 소중한 존재인지를 깨닫게 될 것이다.

마음이 힘들 때마다, 내가 오늘 해낸 작은 일들을 떠올리고 그 속에서 나를 응원해주자. 그 작은 응원이 쌓여 어느 순간, 당신의 삶을 더욱 따뜻하게 채워줄 것이다.

당신은 이미 충분히 잘하고 있다. 그러니 이제, 자신을 더 사랑할

준비가 되었음을 믿어보자. 당신은 그럴 자격이 충
분하다.

.

감정에 속지 않고 나를 믿는 법

어느 날, 혼자 있는 시간이 길어질수록 마음속 깊은 곳에서 "나는 정말 쓸모없는 사람인가?"라는 생각이 떠올랐다.

최근 들어 업무에서도, 인간관계에서도 자꾸만 실수를 저지르는 것 같았고, 그럴 때마다 스스로에 대한 신뢰가 점점 더 무너져 내렸다.

"이래서 사람들이 나를 좋아하지 않는 건가?"라는 생각이 꼬리에 꼬리를 물며 더 깊은 수렁으로 빠져들게 만들었다. 하지만 잠시 멈추고, 그 생각이 진실인지, 아니면 그저 내 감정이 만들어낸 착각인지를 돌아볼 필요가 있었다.

 우리가 느끼는 감정은 종종 실제 상황과 다를 수 있다. "나는 가치가 없어"라는 생각은 그 순간에는 매우 현실적으로 느껴지지만, 사실 그것은 그저 우리의 감정일 뿐이다.

 감정은 우리의 인식과 경험을 바탕으로 형성되지만, 그 감정이 곧 사실을 의미하지는 않는다. 감정은 순간적이고 변하기 쉬운 것이기 때문에, 그것을 진실로 받아들이는 순간 우리는 그 감정에 휘둘리기 쉽다.

 예를 들어, 중요한 발표를 앞두고 "나는 절대 잘 해낼 수 없을 거야"라는 불안감이 들었다고 하자. 이 불안감이 커지면, 실제로도 발표를 잘 해내지 못할 것 같은 느낌이 들 것이다. 그러나 그 느낌이 당신의 능력을 결정짓는 것은 아니다.

 발표를 잘 해내지 못할 거라는 생각은 그저 불안에서 비롯된 감정일 뿐이며, 그 감정이 사실이라는 증거는 어디에도 없다.

 오히려 실제로는 당신이 그 발표를 훌륭하게 마칠 가능성이 충분히 높을 수 있다.

이처럼 우리는 자주 느낌과 실제를 혼동한다. 우리가 느끼는 감정이 곧 현실이라고 착각하는 것이다. 그러나 감정은 그저 우리의 반응일 뿐이며, 그 자체가 진실을 의미하지는 않는다.

그렇기에 "나는 가치가 없어"라고 느낄 때, 그 느낌이 곧 나의 진짜 가치를 의미하는 것은 아니다. 오히려 그 순간, 자신에게 이렇게 말해주는 것이 필요하다.

"지금 내가 느끼는 것과 실제로 내가 어떤 사람인지는 다를 수 있어."

또 다른 예로, 한 친구가 자신을 너무 의존적이라고 느끼며 자책할 때가 있었다. 그는 자꾸만 주변 사람들에게 도움을 요청하는 자신이 너무 무기력하고 의존적이라고 생각했다.

하지만 실제로는 그는 어려울 때 도움을 요청하는 것이 얼마나 중요한지 알고 있었고, 그런 자신을 책임감 있는 사람으로 여기기도 했다. 이처럼 감정은 때때로 우리의 판단을 왜곡하고, 스스로를 잘못된 방식으로 보게 만든다.

이럴 때 우리가 할 수 있는 가장 중요한 일은 그 감정을 그대로 받아들이지 않는 것이다.

"나는 지금 이렇게 느끼지만, 이것이 곧 나의 진짜 모습은 아닐 수 있다"라는 생각을 가지는 것이다. 감정이 아무리 강하게 느껴지더라도, 그것이 실제 상황을 반영하는 것은 아니라는 점을 잊지 말아야 한다.

기억해야 할 것은, 감정은 우리가 경험하는 일상의 작은 부분일 뿐이며, 그것이 곧 우리의 전부를 의미하지는 않는다는 점이다.

나 자신에 대한 부정적인 감정이 들 때, 그 감정을 진실로 받아들이기보다는, 그것이 일시적인 감정임을 인식하고 지나가도록 하는 것이 중요하다.

우리는 그 감정을 느끼면서도 동시에 자신에게 이렇게 말할 수 있다. "내가 지금 느끼는 이 감정은 그저 느낌일 뿐이다. 이 느낌이 나의 진정한 가치를 결정짓지 않는다."

이 작은 인식의 전환이야말로 우리를 감정의 소용돌이에서 벗어나게 해줄 것이다.

그러니 다음번에 "나는 가치가 없다"거나 "나는 의존적이다"라는 생각이 들 때, 그 감정과 생각을 그대로 믿지 말고, 그저 스쳐 지나가는 구름처럼 바라보자.

당신의 진정한 가치는 그 구름 뒤에 숨겨져 있는 맑은 하늘처럼, 변치 않는 빛을 가지고 있다는 것을 잊지 말자. 당신은 그 누구보다도 소중하고, 감정이 정의할 수 없는 가치 있는 존재다.

좋고 나쁜 감정은 없습니다

한 지인이 어느 날 눈물을 흘리며 내게 이야기를 털어놓았다. 오랜 친구와의 대화 도중, 갑자기 쏟아져 나오는 슬픔에 어찌할 바를 몰랐다고 했다.

그 친구는 놀란 표정으로 그녀를 바라봤고, 그녀는 즉시 눈물을 닦으며 "미안해, 내가 괜히 울어서…"라고 사과했다고 한다. 그 순간, 그녀는 슬퍼하는 것이 잘못된 것처럼 느껴졌고, 상대방에게 불편함을 주었다는 죄책감에 휩싸였다고 말했다. 그러나 정말 그럴 필요가 있었을까?

우리는 종종 자신의 감정을 좋고 나쁜 것으로 구분하려고 한다. 기쁨과 행복은 긍정적인 감정으로, 슬픔이나 분노는 부정적인 감정으로 여겨진다.

그래서 우리는 긍정적인 감정은 드러내고, 부정적인 감정은 숨기려 애쓴다. 그러나 사실 모든 감정은 그저 '감정'일 뿐이다. 그 감정들이 지니는 무게는 같으며, 우리가 그것을 어떻게 받아들이느냐에 따라 달라질 뿐이다.

감정을 억누르려고 하지 않고, 있는 그대로 받아들이니 마음이 한결 가벼워질 수 있다. 모든 감정은 우리에게 무언가를 말해주고 있다.

기쁨은 우리에게 감사함을 느끼게 하고, 슬픔은 우리에게 진정한 위로를 원하게 한다. 분노는 우리의 경계를 지키게 하고, 두려움은 우리를 보호한다.

이렇게 각기 다른 감정들은 우리가 살아가는 데 있어 중요한 역할을 한다. 그 감정들을 하나하나 받아들이고, 그 안에서 나를 이해하는 시간이 필요하다.

우리가 힘든 감정을 느낄 때, 그것을 부정하거나 억누르는 대신, 그 감정을 환영할 수 있는 공간을 만들어 보자. 슬픔이 밀려올 때는 "내가 지금 슬프구나"라고, 분노가 솟아오를 때는 "내가 지금 화가 나고 있구나"라고 자신에게 말해보자.

감정은 그저 우리가 경험하는 하나의 상태일 뿐이며, 그것이 나의 전부를 정의하는 것은 아니다.

예를 들어, 슬퍼할 때 그 슬픔을 감추지 말고, 그것을 있는 그대로 표현하는 것이 필요하다. 그리고 그 슬픔을 이해하고 함께해주는 사람들에게 "내 슬픔 속에서 나와 함께 있어줘서 고마워"라고 말해보자.

그렇게 함으로써 우리는 그 감정을 온전히 느끼고, 그 속에서 치유를 경험할 수 있다.

또한, 다른 사람들이 우리의 경계에 대해 반응하는 것도 마찬가지다. 우리는 우리의 감정을 보호하고, 그것을 존중받을 권리가 있다. 내가 설정한 경계가 친절하고 의도적이었다면, 그 경계선 너머에서 머물러도 괜찮다. 다른 사람들이 그 경계에 어떻게 반응하든, 그것은 그들의 문제지, 나의 문제가 아니다.

감정은 가치에 따라 순위가 매겨지지 않는다. 기쁨이든 슬픔이든, 분노이든 두려움이든 모든 감정은 같은 무게를 지닌다.

그 감정들이 내게 찾아왔을 때, 그들을 차별하지 않고 똑같이 환영할 수 있는 마음의 공간을 만들어 보자.

그럴 때 비로소 우리는 감정에 얽매이지 않고, 그것들을 있는 그대로 느끼고 흘려보낼 수 있게 된다.

지금 이 순간, 당신의 마음속에 어떤 감정이 자리 잡고 있는가? 그 감정이 무엇이든, 그 감정이 찾아온 이유를 이해하고, 그 감정을 받아들일 수 있는 용기를 내보자.

모든 감정은 우리 삶의 일부이며, 그 감정들을 있는 그대로 받아들일 때 우리는 더 진정한 나 자신을 만날 수 있다.

이제부터는 감정을 두려워하지 말자. 그것들이 그저 우리의 삶을 더 깊고 풍부하게 만들어주는 하나의 경험임을 기억하자. 그리고 그 감정들을 환영하고, 그 속에서 스스로를 더 깊이 이해하고 사랑할 수 있는 기회를 만들어 보자.

모든 감정은 우리에게 소중하다. 그 감정을 통해 우리는 더 나은 자신이 될 수 있다.

감정은 보편적이지만
관점은 모두 다르다

몇 년 전, 가족 모임에서 아들이 학교에서 겪은 어려움을 이야기한 적이 있었다. 그날 저녁, 아들은 조심스럽게 입을 열어 친구들과의 갈등에 대해 말했다.

나는 아들이 털어놓는 이야기를 듣자마자 해결책을 제시하고 싶은 충동을 느꼈다.
"이런 상황에서는 이렇게 하면 돼"라며 당장 도움을 주고 싶었지만, 잠시 멈추고 그의 감정을 먼저 이해하려고 노력했다.

그가 느끼는 좌절과 불안은 내가 어릴 적 학교에서 느꼈던 감정과 크게 다르지 않았다. 나 역시 친구들과의 관계에서 상처받고, 혼란스러웠던 경험이 있었다.

그 순간, 나는 상황이 다를지라도 그 감정의 본질이 얼마나 깊고 보편적인지를 깨달았다. 아들의 이야기를 들으며, 나는 그가 겪고 있는 감정을 존중하고, 그것이 그에게 얼마나 중요한지를 인정해주고 싶었다.

그래서 나는 이렇게 말했다. "네가 그렇게 느끼는 것이 이해가 돼. 나도 너와 같은 상황이라면 비슷한 감정을 느꼈을 거야."

이 말 한마디는 아들이 자신의 감정을 인정받고, 이해받고 있다는 느낌을 주기에 충분했다.

내가 제시할 수 있는 해결책이나 충고보다, 그에게는 자신의 감정을 누군가가 공감해주고 있다는 것이 더 큰 위로가 되었을 것이다.

이 경험은 나에게 큰 교훈을 주었다. 감정은 보편적이지만, 그 감정을 일으키는 상황과 관점은 모두 다를 수 있다.

우리는 각자의 배경과 경험에 따라 다른 시각을 가질 수밖에 없다. 그러나 그 시각이 다르다고 해서 그들이 느끼는 감정이 덜 중요하거나 덜 진실한 것은 아니다.

우리가 누군가의 감정을 완전히 이해하지 못할 때도 있다. 그들의 상황이 우리와는 너무 다르게 느껴질 수 있기 때문이다.

하지만 그럼에도 불구하고, 그 감정을 인정하고 존중하는 것이 중요하다. 감정의 본질은 보편적이기 때문에, 우리는 그 감정에 공감하고 그들을 위로할 수 있다.

이제 나는 누군가가 자신의 어려움을 이야기할 때, 그들의 감정에 먼저 귀 기울이려고 한다. 그들의 관점이 나와 다를지라도, 그 감정의 무게는 같다는 것을 잊지 않으려 한다. 그리고 그 감정을 인정하고 공감하는 순간, 우리는 더 깊은 관계를 맺을 수 있다.

우리 모두는 각기 다른 길을 걷고 있지만, 그 길 위에서 느끼는 감정들은 결국 우리를 하나로 이어주는 공통된 경험들이다.

관점은 다를지라도 감정은 보편적이라는 것을 기억하며, 우리는 서로의 감정을 존중하고 이해할 수 있다. 그리고 그 이해와 공감 속에서, 진정한 위로와 연결이 이루어진다.

거절의 기술, 생각해볼게요

얼마 전, 한 지인이 급하게 도움을 요청해왔다. 그는 중요한 일을 맡아줄 수 있겠느냐고 물었고, 나는 순간적으로 "물론이지, 내가 할게"라고 대답했다.

대화를 마치고 나서야, 내가 이미 다른 약속들이나 계획들을 잊고 있었다는 사실이 떠올랐다. 마음 한구석에서는 "이번에는 잠시 생각해보고 대답할 걸"이라는 후회가 밀려왔다. 하지만 이미 약속해버린 일을 뒤집기란 쉽지 않았다.

이런 경험은 낯설지 않다. 우리는 종종 다른 사람을 실망시키고 싶지 않다는 마음에, 상대방의 요구에 즉각적으로 응답한다. 특히, 누군가의 기대를 충족시키고 싶어하는 '착한 아이 증후군'을 가진 사람들은 더욱 그렇다.

이들은 다른 사람의 부탁을 거절하거나, 자신의 상황을 먼저 고려하는 대신, 상대방의 요구에 쉽게 동의하곤 한다. 그러나 이런 행동이 반복되면 결국 자신을 희생하게 되고, 마음의 부담이 점점 커진다.

이럴 때, 우리는 '생각해 볼게요'라는 말을 기억해야 한다. 이 간단한 한 마디는 상황을 객관적으로 바라보고, 자신의 필요와 가치를 우선적으로 고려할 시간을 준다.

상대방의 요구에 곧바로 응답하지 않음으로써, 우리는 자신의 진정한 의도를 파악할 기회를 얻게 된다.

'생각해 볼게요'라는 말은 그저 시간을 벌기 위한 도구가 아니다. 오히려 그것은 우리가 스스로의 삶을 주도하고, 자신의 결정에 신중할 수 있는 중요한 첫걸음이다.

예를 들어, 친구가 주말에 큰 행사를 준비하는데 도움을 요청했다고 가정해보자.

평소 같으면 "알겠어, 도와줄게"라고 바로 대답했을 것이다. 하지만 이번에는 "생각해 볼게"라고 말함으로써, 자신의 시간과 에너지를 고려할 여유를 가지는 것이다.

이 작은 변화는 큰 차이를 만들어낸다. 우리는 종종 다른 사람의 기대에 부응하는 것이 중요한 덕목이라고 생각하지만, 그 과정에서 자신을 잃어버리는 경우가 많다.

"생각해 볼게요"라는 말은 그런 상황을 예방할 수 있는 간단하면서도 강력한 방법이다. 시간을 가지고 자신의 선택이 자신의 가치와 일치하는지 확인하는 과정은 우리에게 더 나은 결정을 내릴 수 있도록 도와준다.

이제부터는 누군가의 요청을 받았을 때, 잠시 멈추고 '생각해 볼게요'라는 말을 떠올려 보자. 그것은 상대방에게 실망을 주지 않으면서도, 자신을 돌보고 존중할 수 있는 방법이다.

이 간단한 표현이 가져다줄 평온함과 만족감을 느껴보자. 결국, 우리는 모두 자신의 삶에서 주도적인 역할을 해야 하며, 그 첫걸음은 자신을 배려하는 작은 말 한 마디에서 시작된다.

힘들 때 스스로를 위로하는
깊이 있는 방법

어느 날, 깊은 좌절감에 빠진 친구가 내게 털어놓았다. "왜 나만 이렇게 힘든 걸까?"라고. 그의 눈에는 깊은 슬픔과 고독이 가득했다.

그 말을 들으며, 나 또한 비슷한 감정을 느꼈던 순간들이 떠올랐다. 누구나 인생의 어느 시점에서는 이런 절망적인 순간을 마주한다.

그러나 그런 순간마다 우리는 종종 자신이 홀로 이 고통을 감내하고 있다고 착각한다. 그러나 현실은 그렇지 않다. 힘들 때 스스로를 위로하기 위해서는 몇 가지 중요한 사실을 기억할 필요가 있다.

첫째, 모든 경험은 결코 개인만의 것이 아니라는 점이다. 우리가 겪는 가장 어두운 경험조차도 다른 사람들과 공유되는 것이다. 당신이 느끼는 고통과 좌절은 이 세상을 살아가는 수많은 사람들이 이미 경험했거나 지금도 경험하고 있다.

이것은 당신이 결코 혼자가 아니라는 사실을 상기시켜준다.

예를 들어, 사랑하는 사람과의 이별이나 직장에서의 실패 같은 어려움은 누구나 겪을 수 있는 일이다.

우리는 종종 이런 경험을 혼자만의 비극으로 여길 때가 많지만, 사실은 그렇지 않다. 이런 공통된 경험 속에서 우리는 서로 연결되어 있고, 서로의 고통을 이해할 수 있다.

둘째, 감정과 생각은 일시적이라는 점을 기억하는 것이 중요하다. 아무리 깊은 슬픔이나 고통도 결국에는 지나가게 되어 있다. 우리가 느끼는 감정은 마치 바다의 파도와 같다.

파도가 높게 치솟을 때는 그 아래 숨겨진 고요한 물결을 보지 못하지만, 시간이 지나면 그 파도는 자연스럽게 잦아들고 다시 잔잔해진다.

마찬가지로, 우리가 느끼는 고통과 슬픔도 시간이 지나면 서서히 사라지거나 약해진다.

변화의 필연성에서 안정감을 찾는 것은 스스로를 위로하는 강력한 방법이다.
상황이 변하고, 감정이 달라진다는 사실은 지금의 어려움이 영원히 지속되지 않을 것임을 알려준다.

예를 들어, 한때는 내 인생에서 가장 어려웠던 시기로 기억되는 순간들이 지금 돌아보면 내 성장을 이끌어낸 중요한 계기가 되었음을 깨닫게 된다.

그때는 세상이 무너지는 듯한 절망감을 느꼈지만, 시간이 흐르면서 그 경험이 나를 더욱 강하게 만들었고, 더 깊이 이해하고 공감할 수 있는 사람으로 성장하게 해주었다.

스스로를 위로하는 데 있어 가장 중요한 것은 이 두 가지 사실을 마음에 새기는 것이다.
당신의 고통이 혼자만의 것이 아니라는 점, 그리고 그 고통이 결국은 지나갈 것이라는 점을 기억하는 것이다.

이 두 가지를 기억하면, 우리는 스스로를 더욱 깊이 이해하고 받아들일 수 있게 된다. 그것이 바로 힘든 시기를 지나갈 때 우리를 지탱해주는 힘이 된다.

지금 이 순간, 만약 당신이 큰 어려움에 직면해 있다면, 스스로에게 이렇게 말해보자. "이 경험은 나 혼자만의 것이 아니야.

그리고 이 감정은 결국 지나갈 거야." 그렇게 말하면서 자신에게 시간을 주고, 감정이 자연스럽게 흐르도록 허락하자. 변화는 필연적이며, 우리는 그 속에서 성장할 수 있다.

힘든 순간들이 지나간 후에, 우리는 그 경험을 통해 더 강해지고, 더 깊이 있는 사람이 될 수 있다. 모든 경험은 우리를 더욱 성숙하게 만들어준다.
그러니 지금의 어려움 속에서도 스스로를 위로하고, 그 과정에서 나 자신을 더 사랑하고 이해해보자. 당신은 결코 혼자가 아니며, 이 순간도 결국 지나가게 될 것이다.

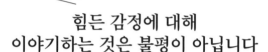

힘든 감정에 대해
이야기하는 것은 불평이 아닙니다

 얼마 전, 친구와 대화를 나누던 중 내 이야기가 조금 길어졌다는 것을 깨달았다. 그때 불현듯 "미안해, 내가 너무 불평만 하는 것 같네"라고 말하며 스스로 사과하고 있는 나 자신을 발견했다.

 친구는 "아니야, 네 이야기를 들어주는 건 당연한 거야"라고 말해 줬지만, 그 순간 나도 모르게 내 감정을 표현하는 것을 불편해하고 있다는 사실을 깨달았다.

 왜 우리는 종종 자신이 느끼는 힘든 감정을 이야기하면서도 미안함을 느끼는 걸까?

우리는 어려운 감정을 표현할 때, 그것이 마치 불평처럼 보일까 두려워한다. 그래서 종종 자신의 감정을 스스로 축소하거나 최소화하려고 한다. 그러나 힘든 감정에 대해 이야기하는 것은 결코 불평이 아니다.

그것은 우리의 내면에서 일어나는 진실한 경험을 표현하는 중요한 과정이다. 우리가 느끼는 감정은 중요하고, 그것을 주목받을 가치가 있다.

자신의 감정을 최소화하려는 경향이 있을 때, 우리는 왜 그렇게 되었는지 스스로에게 물어볼 필요가 있다. 어쩌면 어린 시절부터 감정을 억누르는 법을 배웠을지도 모른다.

"다 큰 사람이 울지 마라"라거나 "그 정도로 불평하지 마"라는 말을 들으며 자랐다면, 감정을 드러내는 것이 부끄럽다고 느껴질 수 있다.

그러나 진정한 성장은 이러한 감정을 억누르는 대신, 그 감정을 부드럽게 돌아보며 자신에게 말하는 것이다. "내 감정은 중요하고 주목받을 가치가 있어."

다음 번에 감정을 표현할 때, "불평해서 미안해" 대신 "들어줘서 고마워"라고 말해보자. 이것은 감정을 더 이상 부정하거나 축소하지 않고, 오히려 그것을 존중하고 받아들이는 태도이다.

우리의 감정은 우리가 살아가는 동안 겪는 모든 일들과 함께 성장해가는 중요한 부분이다. 그 감정들을 인정하고, 주목받을 자격이 있다고 여길 때, 우리는 비로소 감정의 진정한 힘을 이해하게 된다.

감정은 우리를 인간답게 만드는 중요한 요소다. 우리가 겪는 어려움과 슬픔, 그리고 그로 인한 감정들은 결코 사소하지 않다.

그것들은 우리의 삶 속에서 중요한 역할을 하며, 우리를 더 깊이 이해하고 성장하게 만든다. 그러므로 감정을 표현하는 것을 두려워하지 말고, 그것이 불평이 아니라 진실된 소통의 일부임을 기억하자.

마지막으로, 나 자신에게 이렇게 말해보자. "내가 느끼는 모든 감정은 중요한 가치가 있다." 그러니 힘든 순간에 자신을 탓하기보다는, 그 감정을 있는 그대로 받아들이고 이해해주자.

그리고 주변의 누군가가 당신의 이야기를 들어줄 때, 그들에게 감사의 마음을 전하는 것을 잊지 말자. "들어줘서 고마워." 이 말은 당신의 감정이 존중받고 있다는 신호이며, 그것이 불평이 아니라는 강력한 메시지다.

우리는 감정을 통해 서로 연결되고, 그 과정에서 진정한 위로와 치유를 경험하게 된다. 그러니 자신의 감정을 이야기하는 것을 두려워하지 말고, 그것을 당당하게 받아들이자. 그것이 우리를 더욱 강하고 진실된 사람으로 만들어 줄 것이다.

을이 아니라 갑의 관계를 만드는 법

회의실 안에서 상사의 눈치를 보며 의견을 꺼내지 못한 경험, 혹은 연인과의 관계에서 자신의 감정을 숨기며 상대방의 반응을 기다렸던 순간이 있을 것이다.

이러한 상황에서 느껴졌던 답답함과 무력감은 아마 누구나 공감할 수 있을 것이다.

우리는 종종 누군가의 결정에 휘둘리거나, 원하는 것을 얻기 위해지나치게 애쓰다가 오히려 상황을 악화시키는 경우가 많다.

그렇다면 어떻게 하면 을이 아닌 갑의 위치에서 관계를 이끌어갈 수 있을까? 상대방의 의도에 맞춰 흔들리지 않고, 원하는 바를 자연스럽게 얻어낼 방법이 존재할까?

을이 아닌 갑의 관계를 만드는 첫 번째 방법은 무심한 척하는 것이다. 사람들은 보통 누군가가 무언가를 간절히 원하면 그 간절함을 이용하려는 경향이 있다.

예를 들어, 중요한 프로젝트에 참여하고 싶다고 강하게 어필하면, 상대방은 내가 얼마나 이 기회를 원하고 있는지 알고 자신에게 유리한 조건을 제시할 수도 있다.

반면, 마치 그 기회가 크게 중요하지 않은 것처럼 행동하면, 상대방은 오히려 내가 놓치지 않게 잡아주고 싶어할 것이다. 이를 통해 자연스럽게 원하는 결과를 얻을 수 있다.

두 번째 방법은 상대방의 자제력을 칭찬하는 것이다. 이 방법은 특히 상대방이 자신의 의지나 결정을 지키려 할 때 효과적이다.

예를 들어, 누군가가 무언가를 하지 않기로 마음먹었을 때, 그 결정을 존중하며 자제력을 칭찬해 주는 것이다. 이로 인해 상대방은 오히려 그 칭찬에 반응해 자신의 결정을 재고하거나 다른 행동을 시도할 가능성이 높아진다.

그들은 자신이 통제받고 있지 않다고 느낄 때, 자발적으로 당신이 원하는 방향으로 움직이게 된다.

또한, 상대방의 호기심을 자극하는 것도 중요한 방법이다. "당신은 이 일에 별로 관심 없을 것 같아"와 같은 말을 던지면, 상대방은 자신이 그러한 관심을 가지고 있음을 증명하고자 행동하게 된다.

예를 들어, 동료에게 특정 업무에 대해 제안하면서 이 방법을 사용하면, 동료는 그 일에 자신이 관심이 있음을 보여주기 위해 더 적극적으로 임하게 될 것이다.

마지막으로, 모든 상황에서 상대방의 의견에 무조건 동의하는 것이 때로는 효과적일 수 있다. 무조건적으로 "맞아, 네 말이 맞아"라고 하면, 상대방은 스스로 그 의견이 정말로 옳은지 다시 생각하게 될 수 있다. 이 과정에서 상대방은 처음에 내렸던 결정이 잘못되었다고 깨닫고, 자연스럽게 다른 결정을 내릴 가능성이 커진다.

결국, 을이 아닌 갑의 관계를 만드는 핵심은 상대방을 통제하려

하기보다는, 그들의 자연스러운 반응을 유도해 나의 의도대로 상황을 이끄는 것이다.

 이를 위해서는 무심한 척, 자제력 칭찬, 호기심 자극, 그리고 무조건 동의 등의 방법을 적절히 활용할 필요가 있다.
 이러한 방법들은 겉으로는 단순해 보일지 모르지만, 실생활에서 사용해 보면 상대방의 반응이 어떻게 달라지는지 깨닫게 될 것이다.

 중요한 것은 상대방의 마음을 조종하려는 것이 아니라, 그들이 자연스럽게 당신의 의도에 동참하도록 만드는 것이다. 결국 관계의 주도권은 상대방을 통제하려는 힘에서 오는 것이 아니라, 그들의 마음을 자연스럽게 움직이게 하는 지혜에서 온다.

 누군가의 마음을 얻고, 원하는 방향으로 관계를 이끌어가기 위해서는 직설적이고 강압적인 접근이 아닌, 상대방의 감정과 심리를 이해하고, 그에 맞춰 섬세하게 다가가는 것이 중요하다.

 삶의 많은 부분이 관계에서 비롯되며, 그 관계 속에서 우리가 느끼는 행복과 만족감은 우리 자신이 얼마나 주체적인 위치에 있느냐에 달려 있다. 그러나 그 주체성은 힘이나 권력에서 나오지 않는다.

오히려 상대방의 마음을 움직일 수 있는 공감과 지혜, 그리고 자연스러운 흐름 속에서 나오는 것이다. 그렇게 우리가 만들어가는 관계는 서로를 더욱 성장시키고, 진정한 의미의 존중과 사랑을 느끼게 할 것이다.

상대를 움직이게 만드는 화술

때로는 아무리 좋은 의도라도 상대방에게 전달하는 방식에 따라 오해를 살 때가 있다. 가까운 친구에게 도움을 청하려다 그만 상대 방이 부담을 느꼈던 기억이 떠오른다.

혹은 무심코 던진 조언이 의도치 않게 상처를 주었던 적도 있을 것이다. 이런 경험은 누구나 한 번쯤 해봤을 법하다.

그 순간, 우리는 상대의 마음을 움직이는 것이 얼마나 어려운 일인 지 실감하게 된다. 대화는 단순한 말의 주고받음이 아니다.

그것은 상대방의 마음을 이해하고, 그 미묘한 감정의 흐름에 공감하는 과정이다. 그렇다면, 어떻게 하면 상대의 마음을 자연스럽게 움직일 수 있을까?

첫 번째 방법은 칭찬을 덜 자주 해서, 칭찬할 때 더 의미 있게 만드는 것이다. 지나친 칭찬은 그 의미를 희석시키고, 상대방에게 진정성이 없다고 느껴질 수 있다.
예를 들어, 매번 상대방의 일상적인 행동에 과도하게 칭찬을 하게 되면, 그 칭찬은 점점 더 무의미해질 것이다.

반면, 정말로 칭찬할 만한 순간에만 진심을 담아 칭찬을 건넨다면, 그 말은 상대방에게 깊이 새겨질 것이며, 더 큰 동기부여를 줄 수 있다.

두 번째 방법은 매력적인 것을 금지된 것이라 선언하는 것이다. "이건 절대 하지 마세요"라고 말하면, 사람들은 오히려 그것에 대한 호기심이 증폭된다.

예를 들어, 어떤 책이나 영화가 논란이 되어 금지되었을 때, 사람들은 오히려 그 내용을 궁금해하며 더 알아보려는 경향이 있다.

이 원리를 대화에 적용하면, 무언가를 특별히 강조하거나 추천하기보다, 금지된 것처럼 표현함으로써 상대방의 관심을 자연스럽게 끌어들일 수 있다.

세 번째로, 가벼운 신체적 특징에 대한 언급은 상대방의 자의식을 높일 수 있다.

"오늘 머리가 지저분해 보이네"라는 말처럼, 의도치 않게 상대방의 외모나 작은 결점을 언급하는 것은 그들이 스스로를 돌아보게 만든다.

이는 상대방이 자신의 이미지를 개선하려는 동기를 부여할 수 있다. 물론 이 방법은 매우 신중하게 사용해야 한다. 잘못 사용하면 상대방에게 불쾌감을 줄 수 있기 때문이다.

하지만 적절한 상황에서 가벼운 지적은 상대방에게 자기 관리의 동기를 부여할 수 있다.

네 번째 방법은 반어적으로 조언하는 것이다. 예를 들어, "오늘 운동 쉬는 게 어때?"라고 제안하면, 상대방은 오히려 운동을 계속하고 싶어질 수 있다.

이 방법은 역설적이지만, 사람들이 스스로 의지력을 발휘하도록 자극할 수 있다. 상대방이 이미 결심한 일을 반대로 제안함으로써, 그들은 자신의 결정을 재확인하고, 그 결심을 더 강하게 지킬 것이다.

다섯 번째로, 어떤 일을 하지 말라고 말하면 그들이 더 하고 싶어지게 할 수 있다. 이는 특히 어린아이들에게 효과적인 방법으로 알려져 있다.

예를 들어, "이 장난감 만지지 마"라고 하면, 아이들은 오히려 그 장난감에 더욱 관심을 보인다. 이 원리는 성인에게도 적용될 수 있다.

누군가에게 무엇을 하지 말라고 지시하면, 그들은 반발심에 더 하고 싶어할 것이다. 이 방법을 적절히 사용하면 상대방이 자발적으로 행동하게 만들 수 있다.

마지막으로, "이거 의외로 잘하네" 같은 반어적인 칭찬은 상대방이 자신의 가치를 증명하려는 동기를 부여할 수 있다. 사람들은 누군가 자신을 낮게 평가한다고 느끼면, 그 평가를 뒤집기 위해 더 큰 노력을 기울이게 된다.

이런 방식의 칭찬은 상대방에게 도전 의식을 심어주고, 자신의 능력을 증명하려는 열정을 불러일으킬 수 있다.

이 모든 화술의 공통점은 상대방의 마음을 직접적으로 조종하려 하기보다는, 그들의 자발적인 반응을 유도하는 데 있다. 사람은 누구나 자신의 선택을 존중받고 싶어하며, 스스로 결정했다고 느낄 때 더 강한 동기를 느낀다.

따라서 상대방을 움직이게 만드는 화술은 그들의 심리를 이해하고, 그들의 자발적인 반응을 이끌어내는 것이다.

결국, 상대방의 마음을 움직이는 것은 단순한 기술이나 기교가 아니다. 그것은 상대방을 진심으로 이해하고, 그들이 스스로 움직이도록 돕는 섬세한 감정의 예술이다.
이를 통해 우리는 더욱 깊이 있는 대화와, 진정한 연결을 경험하게 될 것이다. 상대의 마음을 움직이는 화술은 곧, 더 나은 관계를 만들어가는 지혜이자, 우리 삶을 풍요롭게 만드는 소중한 도구이다.

무례한 사람에게 대처하는 방법

　무례한 사람은 우리 일상속에서 숨어있다. 우리 기분, 하루를 망치도록 만드는 사람들 말이다. 상사의 무례한 발언이나, 친구의 예의 없는 행동에 당황하거나, 모르는 사람의 불친절한 태도에 불쾌해진 경험이 있을 것이다.

　이럴 때 우리는 감정적으로 대응하기보다, 차분하게 상황을 반전시킬 방법을 찾을 필요가 있다.
　상대방을 직접적으로 공격하지 않으면서도, 그들의 무례함에 대해 스스로 돌아보게 만드는 방법이 있다면 어떨까?

첫 번째 방법은 상대방의 방식을 그대로 되돌려주는 것이다. 상대방이 말을 끊거나 무례한 행동을 보일 때, 그대로 따라 하되 조금 더 부드럽게 접근하는 것이 핵심이다.

누군가 대화 중에 당신의 말을 끊었다면, 잠시 멈추고 미소를 지으며 "아, 미안해요, 뭐라고 하셨죠?"라고 되묻는다. 이 순간 상대방은 자신의 행동을 되돌아보며 당황할 수 있다.

상대방이 자신이 저지른 무례함을 인식하게 되는 것이다. 이를 통해 불필요한 갈등 없이, 그들이 스스로를 돌아보게 만드는 효과를 얻을 수 있다.

두 번째로, 전략적인 멈춤을 사용하는 것이다. 대화 중 무례한 발언을 들었을 때, 바로 반응하기보다 잠시 멈추고 생각하는 듯한 표정을 짓는다.

이 순간 상대방은 자신이 한 말을 다시 생각하게 되며 불안해질 수 있다.

누군가 당신에게 비난 섞인 말을 던졌다면, 그 말을 들은 후 약간의 침묵을 유지하며 눈을 마주친다. 그 짧은 순간이 상대방을 혼란스럽게 만들고, 그들이 자신이 방금 한 말에 대해 다시 생각하게 할 수 있다.

 세 번째 방법은 미러링 기술을 사용하는 것이다. 상대방이 무례한 행동을 할 때, 그 행동을 살짝 따라 하여 상대방이 스스로를 인식하게 만든다.

 누군가 과장된 제스처를 쓰며 비꼬는 말을 했다면, 그 제스처를 부드럽게 따라 하면서 대화를 이어간다. 상대방은 자신이 한 행동이 그대로 돌아오는 것을 보며 혼란스러워할 수 있다.
 이 방법은 상대방에게 직접적인 반감을 사지 않으면서도, 그들이 자신의 태도를 돌아보게 하는 데 효과적이다.

 네 번째로, 암시의 힘을 사용하는 것이다. 무례한 사람에게서 긍정적인 면을 찾아 그것을 칭찬하는 방식이다. 예를 들어, "당신이 대화를 잘 이끌어간다고 들었어요"라고 말하면, 상대방은 그 칭찬에 부응하려 하거나 자신의 능력을 드러내려 할 것이다.

이는 상대방의 부정적인 행동을 긍정적으로 바꾸는 데 도움이 될 수 있다.

 무례한 사람이 자신의 무례함을 감추고, 오히려 긍정적인 면을 드러내려고 노력하게 되는 것이다.

 마지막 방법은 그들의 가정에 도전하는 것이다. 상대방이 확신에 찬 목소리로 어떤 주장을 펼칠 때, "정말요?" 또는 "왜 그렇게 생각하시죠?"라고 물어보는 것이다.

 이 간단한 질문은 상대방이 자신의 말을 다시 생각하게 만든다. 누군가 당신에게 불쾌한 의견을 내세웠다면, 그 의견에 대해 진지하게 질문을 던져보자.

 상대방은 자신의 생각이 충분히 근거 있는지 고민하게 되며, 그들의 무례한 태도에 대한 자각을 불러일으킬 수 있다.

감정적으로 대응하기보다는, 차분하고 유연한 태도로 접근하는 것이 상대방을 더욱 혼란스럽게 만들 수 있다.

 결국, 상대방의 무례함에 직면했을 때 우리가 할 수 있는 최고의 대응은 그들의 무례함에 휘둘리지 않고, 오히려 그들이 자신의 행동을 인식하게 만드는 것이다.

 이러한 대응은 우리 자신을 더욱 단단하게 만들고, 동시에 상대방에게도 그들의 행동에 대해 돌아볼 기회를 제공한다.

 무례한 사람을 혼란스럽게 만드는 것은 단순히 그들을 난처하게 만드는 것이 아니라, 더 나은 대화와 관계를 만들어가는 지혜로운 방법이다.

 상대방의 무례함 앞에서 당황하지 않고, 차분하게 상황을 이끌어가는 당신의 태도는 그 어떤 말보다 강력한 메시지를 전달할 것이다.

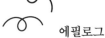

삶의 어느 순간, 우리는 자신이 사랑받을 자격이 없다고 느낄 때가 있다. 마치 바람에 흔들리는 나뭇잎처럼, 그 불안감은 우리를 끝없이 흔들리게 한다.

아마도 어린 시절, 무조건적인 사랑을 충분히 느끼지 못했던 경험이 그 씨앗이었을 것이다. 그때부터 우리는 자신을 사랑하지 않으면 다른 사람도 우리를 사랑하지 않을 것이라고, 혹은 우리가 무언가를 성취해야만 사랑받을 자격이 생긴다고 믿기 시작했을지도 모른다.

그러나 시간이 지나면서, 나는 한 가지 중요한 진실을 깨달았다. 그것은 우리가 자신을 무조건적으로 사랑하지 않아도, 다른 사람들이 우리를 깊이 사랑해줄 수 있다는 사실이다.

사람들의 사랑은 때로는 봄날의 햇살처럼 우리에게 다가오고, 그 따스함은 우리의 마음을 녹인다. 그 사랑을 받아들이기 위해 우리는 더 노력할 필요가 없다.

자신의 사랑받을 자격을 더 믿게 될수록, 우리는 자신을 더 소중히
여기게 된다. 그리고 그 소중함을 느낄 때, 우리는 비로소 진정한 사랑
을 받아들일 준비가 된다.

 우리가 그 사랑을 받을 자격이 있다는 것을 믿게 될 때, 그 믿음은 우
리의 삶을 밝히는 등불이 된다.
 때로는 정상적인 관계에서도 스스로를 의심하며, "내가 충분히 사랑
받을 만한 사람일까?"라는 생각에 빠질 때가 있다. 그 생각은 마치 마
음속에 작은 균열을 만들어, 점점 더 큰 불안감으로 이어지곤 한다.

 이런 불안은 때로 우리가 파트너에게 불필요한 기대나 의심을 품게
만들고, 사랑의 진정한 의미를 흐리게 한다. 이럴 때 중요한 것은 그
의심의 소용돌이에서 벗어나, 먼저 자신의 가치를 인정하고, 스스로
에게 진심으로 말하는 것이다.

 "나는 사랑받을 자격이 충분히 있어."

어릴 적의 나를 바라보며 그가 얼마나 사랑스러운 존재인지를 상기시키는 것은, 지금의 나에게도 중요한 일이다. 마치 거울 속에 비친 어린 시절의 자신에게 말을 건네듯이, 그 아이가 필요로 했던 사랑과 이해를 지금의 내가 그에게 줄 수 있다.

자신과 시간을 보내고, 스스로를 돌보며, 쉬어가는 시간을 가지면서, 그 사랑이 결코 조건이 없다는 사실을 깨닫자. 그 아이의 눈 속에는 이미 모든 사랑받을 자격이 담겨 있었다.

사랑은 우리가 무언가를 해야만 얻을 수 있는 것이 아니다. 그것은 마치 강물처럼, 우리의 존재를 따라 자연스럽게 흐른다. 우리는 그저 있는 그대로의 모습으로도 충분히 사랑받을 자격이 있다.

우리가 해야 할 일은 그 강물 속에 몸을 맡기고, 그 흐름 속에서 평안을 찾는 것이다.

삶의 여정 속에서 우리는 많은 것을 배우고, 때로는 잊기도 한다. 그러나 이 진실만큼은 잊지 말았으면 한다. 당신은 있는 그대로 사랑받을 자격이 있으며, 그 사랑은 이미 당신 곁에 있다.

이제는 그 사랑을 온전히 받아들이고, 그 사랑이 당신을 채우고, 더욱 빛나게 만들어줄 때다. 마치 저녁하늘을 물들이는 황혼의 빛처럼, 그 사람이 당신의 삶을 아름답게 채색할 것이다.

\- 박용남

기분을 태도로 만들지 않는 49가지 방법

초판 1쇄 발행 2024년 9월 11일

디자인 : 엄지언
발행처 : 비책
이메일 : becheck1995@gmail.com

정가 17,000원
ISBN: 979-11-988051-1-9 (13800)